深川
花街たつみ屋のお料理番

みお　Mio

アルファポリス文庫

JN052384

https://www.alphapolis.co.jp/

目次

焼豆腐吸《やきどうふすい》したじ

梅の花も凍《こご》えそうな、そんな朝のことである。
「死体がぽとりと落ちている……どうだい、この街も随分と不穏になったもんだねえ」
男が足を止め、そう言った。
その隣には化粧《けしょう》の濃い女が寄り添って、男に紅《あか》い傘を差しかけている。
朝方まで雪が降っていたのだろう。地面にはうっすらと雪が残っていた。
さくさくと、名残《なごり》の雪を踏む音ばかりが耳につく。
（……うるさい、うるさい……ごちゃごちゃと……うるせえ）
と、死体――いや、娘は思った。
娘の目に映るのは、嫌になるほどに晴れ上がった新春の空。遠くに去っていく黒の雪雲、雪解けの冷たい滴《しずく》に包まれて、いまだ開かぬ梅花の蕾《つぼみ》。

そして……男と女の白い爪先。

娘は冷たい地面に、寝転がっているのだった。

「やだ。歌《うた》さん、見ちゃいけないよ。こんなところに死体なんて……おお怖い。早くどっかに捨ててきておくれ。若い衆は何をしてるのだか……」

女が大仰《おおぎょう》に騒いで、歌と呼ぶ男の腕に自分の腕を絡ませた。

その香りは堅気《かたぎ》のものではない。彼女が身につけているのは男物の羽織《はおり》だ。渋い染めの羽織で、下にまとう銘仙《めいせん》（平織りの絹織物）の着物を隠している。

（……遊女か……）

娘は女の香りを嗅ぎ取って、そんなことを考える。

女の体から漂ってくるのは、酒と男の香りである。

客と思われる男は、優男《やさおとこ》風。彼は細腰を曲げて、地面に転がる娘の顔を覗《のぞ》き込んだ。

「……これは生きてるね。胸がかすかに動いている。瞼《まぶた》もぴくぴく動いてる。おぉい、聞こえるか。はは。お陀仏《だぶつ》にしちゃあ、えらく眉間《みけん》の皺《しわ》が深い。薄目《うすめ》も開いてる。様子を窺《うかが》っているんだ。慎重な死体だよ……おい、死んでいるのか死んだふりか、それとも死にかけてるのかい。目をお覚ましよ」

茶化すようなその声に、とうとう娘は目を見開いた。

生白い男の顔が、すぐ目の前で顔を覗き込んできている。口調こそ軽いが、目は死んだように薄暗い男である。しかし娘は勢いよく、そんな男の襟《えり》を掴んで押し返す。

「やいやいっ！　人を死体みたいに扱いやがって、あたしは……生きてらあ」

そう言って飛び起きると、ほつれ落ちた髪が娘の顔を殴《なぐ》りつけた。髪はすっかり凍っているのだった。

髪だけではない、顔も体も着物もどこもかしこも真っ白だ。雪が着物を凍らせて体を芯《しん》まで冷やしている。

「ほ。おなごか……それも年頃の娘じゃないか。雪で真っ白になっていて気づかなかった。ふん、まるで猿みたいな顔だねえ……」

それでも男は動じない。そんな男を心配してか、遊女が彼と娘の間に立ちふさがって細い眉《まゆ》をきりりと上げた。

「歌さん、だめよ。今、若い衆を呼びにやってるから、離れて離れて。そんな小汚い娘……」

「おやおや……」

まるで自身を守るように騒ぐ女を眺めて、男は目を細める。やがて意地悪く忍び笑うと、女の耳にそっと唇《くちびる》を近づけ、娘のすぐ後ろ……首をくった女の幽霊が」

「確かに近づいちゃあ、危ないね。ほら、娘のすぐ後ろ……首をくった女の幽霊が」

……などと、色っぽい声で囁《ささや》くのだ。

いかにも気の強そうな女だが、男の言葉にきゃっと悲鳴をあげて数歩退《しりぞ》く。

おかげで、娘と男の間を遮るものは何もなくなった。

「はあ？　幽霊だぁ？」

娘は男の指す方角に目を向ける……が、なんということもない。やせ細った柳《やなぎ》が一本、雪の重みに耐えて震えているだけ。

娘は鼻を鳴らして、柳の葉を腕で払った。はらはらとまるで嘆《なげ》くように、雪と葉が散る……それだけだ。

娘は胸を張って垂れ落ちてくる鼻水を啜《すす》り上げた。

「ふん。妙なことを言いやがって」

……周囲はどこもかしこも雪で白い。雪に埋もれた格子《こうし》の窓に、ちんとんしゃんと鳴り響く三味線《しゃみせん》の音。

周囲の道を歩くのは、美しい女。それに顔を笠《かさ》で隠した男たち。

娘は慎重に左右を探ると、男を睨みつけ低い声で尋ねる。

「おい、ここはどこだ」

「深川《ふかがわ》の花街……」

男は答えつつ、煙管《きせる》から口を離して白い煙を宙に吐いた。それは降る雪に混じってゆっくりと広がる。

「遊郭《ゆうかく》、遊里《ゆうり》。好きなように呼ぶといい。お前さんにはちょっと刺激がすぎるねえ」

男の言葉の通り、周囲に見えるのは、白い雪が積もる赤の格子窓。市井《しせい》の街ではあまり見かけない二階建ての家、そして浅葱《あさぎ》色の暖簾《のれん》に染め抜かれた独特の名前。

……なるほどここには、花街独特の空気が漂っている。

「深川……なら、仲町《なかちょう》か、土橋《つちはし》か、石場《いしば》か？」

「ふん、深川に詳しいようだ。しかしね、どの街でもないよ。少し外れた寂《さび》れた花街、ここは大黒《だいこく》っていうんだ。ありがたくも、大国主命《おおくにぬしのみこと》様の別名……まあ正しくは別物なんて話もあるが、あたしたちの知ったこっちゃない。とにかく、すっかり出雲《いずも》に身をお潜めになった大国主様を見習って、この街もちょいと謙虚《けんきょ》でね。粋《いき》な遊び人しか知らない町だ」

娘に顔を近づけるこの男、いやになるほどの男前だ。

色が白く、頬《ほお》などは青白いほどで、体は細い。

こうも寒いのに半纏《はんてん》もまとわず、薄い着物だけ。足には紅い鼻緒《はなお》の洒落《しゃれ》た足駄《あしだ》を履《は》いていたが、指の先は白く染まっていた。

しかし寒がりもしないで男は煙管の煙を娘に浴びせかける。苦い香りの煙である。

娘はそれを息で吹き返し、睨む。離れたところでは女がおろおろと、首を左右に振っていた。

男は娘の顔をじいっと眺め、にやにや笑う。さらに娘の帯に手を伸ばそうとするので彼女は思い切りその手を弾き飛ばした。

「触んじゃねえよ」

「勘違いしなさんな。ずれた帯を直そうとしただけじゃないか。あたしは女の帯を直し慣れていてね……ところで、お前さんどこから来なすった」

「……大川《おおかわ》（現代の隅田川《すみだがわ》、両国あたりより下流域のこと）の、ずっと……上流の」

男の言葉に娘の声が少し詰まった。関係ないだろうと言わんばかりに顔をそらす。

しかしその顔を、男は無理矢理に覗き込んだ。

「当ててあげよう。お前さんはびしゃびしゃに濡れている。雪で濡れたどころの騒ぎじゃあない。川に落ちたか、泳いだか……この近くに流れるのは大川だ。ということは、お前さんは大川から這《は》いずってきたんだ、河童《かっぱ》みたいにね。しかしずっと泳いでいたにしちゃ顔色が良い。じゃあ船から落ちて岸に這いずり上がったんだろう。人に助けを求めず自力で泳いだ……や、落ちたんじゃない、落とされたか自分から落ちたか。そうしなきゃならない理由があった……追われていたんだね。それも上流の方面から来たということは……」

男はじろじろと娘を見つめ、目を細める。

「お前さん、吉原《よしわら》からの珍客だろう」

娘はぐっと、息を呑《の》み込んだ。なんと嫌味な男だろうか。

「……口数の多い男は嫌われるぜ」

娘の記憶にあるのは、ここよりも遥《はる》かに華美な吉原の花街である。

お上唯一のご公認であり、天下の花の街、吉原。

「そうさ……あたしは、日本堤《にほんづつみ》を越えて……猪牙舟《ちょきぶね》に乗って……」

吉原は深夜になれば門が閉じ、誰も出入りができなくなる。そんな閉ざされた街から娘は逃げてきたのだ。

脳裏に記憶が蘇《よみがえ》り、娘の手が震え始めた。

少しずつ、少しずつ……思い出してきたのだ。

冷たい道や、夜の闇《やみ》。雪風の音。

覚えているのは、真っ暗な道。雪を踏み抜く音に、荒れた息。手にした女の細い腕。

娘は一人の女を連れて吉原の裏路地を駆け抜けた。

巨大な吉原の街、中心を貫くのは、仲の町の大通り。

左右に置かれた艶《つや》やかな常夜灯《じょうやとう》。その明かりを避けるように身を伏せて、左右の通りから響く三味線の音と女たちの掠《かす》れた嬌声《きょうせい》を背に受ける。

そして、娘は雪の道をひたすら駆けた。

裏路地に停めていた駕籠《かご》に連れの女を押し込んで、自身は一人きり、再び真っ暗な闇を駆け抜けたのである。

途中で草履《ぞうり》も足袋《たび》も脱げて、髪もほどけた。

それでも気にせず、ただ幽鬼《ゆうき》のように駆けた。駆けた。駆けた……。

外に出た彼女が飛び乗ったのは、猪牙舟と呼ばれる、花街通いに使われる小さな船だ。

「足がついちゃなんねえから、川に飛び込んだんだ。泳いでいけるもんだと思ったが、川上どころか川下に流されて、あげく途中でへばって岸にすがりついた……それで駆けたはいいが……はは。結局は花街に着くったあ、あたしも因果だ」

「歌さん、かかわり合いになっちゃいけないよ。この子、まさか足抜けなんじゃないの」

男に絡みつく女はわざとらしく悲鳴をあげて腰をくねらせる。しかし当の男は興味深そうに、娘を見つめていた。

「吉原から遊女が逃げ出す……足抜けするなんて、今頃向こうは大騒ぎ……こっちまで巻き込まれたら」

「馬鹿なこと言うもんじゃないわ、こんな……醜女《しこめ》が、いるはずないでしょう。仮にも天下の吉原に」

一人の女が叫べば、別の女が囁《ささや》く。気がつけば、周囲に人だかりができていた。皆、色男を中心にして、娘をじろじろ舐《な》め回すように見ているのだ。

「そうねえ。こんな娘が吉原にいるわけがない……」

醜女、という悪意のある言葉は、娘には刺さらなかった。

彼女は周囲の声を気にせず、這うように道側の溝へ向かう。

凍った水の表面には、ひどい顔が映っていた。

黒い肌、つり上がった目、逆立つように乱れた髪、裂けた襟《えり》。太い唇《くちびる》、団子鼻。

なるほど、これではまるで、鬼の子である。

娘は地面に積もった雪を掴み、顔をぐいっと洗う。それだけで、霞《かす》んだ目が明瞭になったようだ。

「この娘、確かに足抜けじゃないね」

娘の隣に、男の顔が映る。知らぬ間に、娘の横に座って同じように溝を覗き込んでいるのである。

生白く優しげに見えるが、目の奥は薄暗い。気怠《けだる》く、どこか厭世《えんせい》的。こんな花街には似合いの男だ。

(いやな色男だ。こういうのに限って腹が黒い)

……と、娘は思った。

しかし男は娘の気持ちなど察しもせず、まじまじと娘の顔を覗き込む。そして、しみじみと言った。

「お前さん、誰かを足抜けさせたんじゃないか」

「まっ」

女が悲鳴をあげ、男の袂《たもと》を引く。

「余計にたちが悪い。歌さん、追い出してしまおう。かかわり合いになっちゃ面倒だよ。吉原から妙な連中が来たらどうするの」

「名前はなんという」

「……」

男は遊女の悲鳴を無視して、娘に声をかけた。意外に真摯《しんし》な声である。

見つめられ、娘はぱくぱくと口を動かす。が、言葉が出ない。

男の口調に腹は立てども、唇が凍ったように言葉が出てこないのだ。

雪がまた、しんしんと降り始めようとしている。

「だんまりかい。それならこちらで勝手につけようか……そうだねぇ」

白々しい口調で男は言う。

顎《あご》に手を置き、娘を見つめ、

「……猿《さる》。猿そっくりだ」

と、笑った。

「猿じゃやねえっ」

歯を剥《む》いて否定する娘に、男は目を細める。

「ああ。やっと口を開いた。でも名乗れないなら猿でも犬でも……吉野太夫《よしのだゆう》でも、高尾の遊女でも皆一緒じゃないか。ねえお前さん、行く当てもないなら、そこの見世《みせ》に入っておいで。遣手《やりて》が茶くらいは振る舞ってくれるだろうよ」

「歌さんっ」

歌と呼ばれるその男、細い腕をさすりながら、娘に背を向ける。喋るだけ喋って、途端、興味を失った顔である。

「ああ。寒いね。あたしはもう少し横になる」

「歌さん、少しでいいから朝餉《あさげ》を食べなきゃ」

「そんな気分じゃないねえ」

そして彼は振り返った。

「猿」

まだ雪の中にいる娘に向かって、手招くのだ。

「ぼさっとせずに、見世に入っておいで。そこは冷えるだろ」

にやりと笑うその顔はいけすかない。

娘が太い眉を上げて力強く足を踏み出すと、男は楽しそうに微笑《ほほえ》んだ。

「ようこそ、深川の岡場所《おかばしょ》へ、猿」

この日より、娘の名は猿となった。

ここは深川花街、あるいは深川遊里。同じ花街でも、政府公認の吉原よりも、位《くらい》は幾分《いくぶん》も下がる。

深川に花街ができたのは遥か昔のことだ。

八幡宮《はちまんぐう》の周囲に茶屋が生まれ、後の世に永代橋《えいたいばし》がかかると、参詣客《さんけいきゃく》を見込んで妓楼《ぎろう》が雨後の筍《たけのこ》のように誕生《たんじょう》したという。

男の集まる場所には決まって春を売る女が現れ、花街が産声《うぶごえ》をあげる。やがて門前《もんぜん》仲町《なかちょう》などを含めた七箇所が深川七場所《ふかがわななばしょ》と呼ばれて繁盛《はんじょう》した。

この場所で客を取る女たちは男名を持ち、男羽織に男三味線をかき鳴らす。気っ風《きぶ》の良さは吉原よりも格段に上で、それを好んで通い詰める客も珍しくない。

しかし元来、国の認める花街は吉原ただ一つ。

違法であるはずのこの深川は幾度もの摘発《てきはつ》を受けながら、それでも生き延びている。お目こぼしで賑わう花の街である。

誰かが弾く三味線の音に耳を傾けながら、猿と名付けられた娘は暖かな火鉢《ひばち》に手を伸ばす。

「……あったけえ」

歌という男に無理矢理誘い込まれたのは、立派な妓楼だった。

（ふん、もし吉原にありゃあ、大見世の構えだな）

と、猿は思った。

中に入れば、玄関の横には立派な台所、白木の階段を上がれば遊女を指導する遣手《やりて》婆《ばば》の部屋がある。その奥には遊女の部屋に、宴会も開ける広い部屋……それは吉原の見世と同じ作りだった。

ちょうど今の時刻は朝帰りの客を見送る明け六ツの頃（午前六時ごろ）。客のつかなかった遊女たちはまだ眠っているのか、低く響く三味線以外には音もない。

「こんなうら寂れた場所にしちゃあ、立派な見世じゃねえか。女も何人もいそうだ」

「女、なんて呼び捨てにするんじゃないよ。ここ深川じゃ遊女は皆、子供って呼ばれてるのさ。妓楼は子供部屋と言ってね。皆、私のかわいい娘たちだよ」

火鉢の向こうに座るのは、遣手の女だ。

年寄りではあるものの、妙な色気を持つ。この女も若い頃は遊女だったのか、だとすればさぞ人気があったことだろう。抜いた襟から見えるうなじは、若い娘のように白かった。

「……確かに、広い妓楼さ。台所も立派で、吉原にだって引けを取らない。ここ――たつみ屋の昔の楼主《ろうしゅ》っていうのが、小金持ちの洒落者でね、そいつが吉原を真似てこの見世を作った」

　遣手は手の中で白粉《おしろい》を練りながら言う。

「その金持ちが今でもここの楼主様か？」

「いやいや、何年か前に見世が摘発されて、娘たちは吉原送り、楼主の男も江戸を追い出された。あたしと楼主が知り合いで、跡地を譲ってもらったのさ。おかげで今じゃあたしが楼主で遣手の因果な商売だ……さ、こっちに来な」

　遣手は大きな手で猿の首根っこを掴むと、無理矢理その顔に白粉を叩き込む。

　ぎゃあと悲鳴をあげてみても、遣手は動じない。

　むんずと猿を掴み上げ、髪を結い直し口に紅《べに》を塗《ぬ》る。そして恐ろしい速さで着物を解くと、床に広げてあった別の着物を猿にまとわせた。

「ひどい臭いだ。大川を泳いできたって？　こんな真冬によくもまぁ、やるもんだね」

　あっという間に真っ当な姿となった猿だが、鏡に映るその顔は、依然ふてくされたままだった。

「あんた、よく見りゃ幼い顔じゃないか。十七か十八か、そのあたりじゃないのかい」

遣手は紅やら白粉やらを片づけながらため息をつく。

「訳あり娘なんざ珍しくもないけどさ、その性格とナリじゃ、生きにくいだろうね」

「ふん、あたしは婆ほど性格が歪《ゆが》んじゃねえから、楽しく生きてらあ」

「つんけんつんけん、恩人にその態度。歌さんの客じゃなきゃ箒《ほうき》で殴って追い出すところだ」

火鉢の向こうにいる遣手は苦笑して、猿に蜜柑《みかん》を投げつけた。

「食いな」

狭い部屋は暖かな空気に満ちている。

火鉢の真ん中で焼かれる白い餅《もち》をぼんやりと見つめながら、猿は着慣れない着物を何度も引っ張る。

蜜柑の皮を剥いて柔らかな実を口に含むと、ひりりと染みた。気づかぬうちに口の中を切っていたらしい。

「おい、あのひょろ長いやつだけどさ」

「歌さんのことかい」

遣手は煙管を吹かしながら、横目で猿を見る。

「少なくとも、娘たちの前でそんな口、死んでもきくもんじゃない。叩き出されちまうよ」

遣手はにやにや笑いながら煙管をたばこ盆に叩きつけた。

「あの方はね、当世でも人気の売れっ子の絵師様だ……ワ印のね」

「道理で、やらしい顔をしてると思ったよ」

猿は鼻で笑った。

男も女も密かに集めているという『男女の愛を描いた』本を、江戸の人々はワ印と呼んでごまかした。

薄いその本に描かれているのは男と女の睦《むつ》みごとだ。体も体液も混じり合い、どろどろに重なるそこに、神秘なんぞありはしない。ただの盛りのついた動物だ。

しかし当世、そんな本がよく売れる。

そして、そんな絵を描く絵師はもてはやされた。

「まさか、その逆だ。歌さんは綺麗《きれい》なもんだよ。昔は吉原にいたそうだが、ここを気に入ってくれてね。金払いも良いと来てりゃ、神様仏様の上客様さ。ずっと花街で暮らしているくせに、深川一の娘が誘いかけても添い寝だけ。指一本触れやしない。見上げた男だよ」

「ふうん。随分なお大尽様《だいじんさま》だな。妓楼に住みつくったぁ……女に手も出さずなにやっいてんだ。すなわちこの場所が仕事場ってわけさ」

「歌さんは、ここに住んで絵を描いてる。睦みごとから女の素顔まで全部、ここで描てんだい、あのひょろひょろはさ」

※

てんだい、あのひょろひょろはさ」

「あんた面白い子だね、気に入ったよ」

ふ、と遣手は笑って猿の背を叩く。猿は迷惑そうに彼女を睨んだ。

「歌さんは、ここに住んで絵を描いてる。睦みごとから女の素顔まで全部、ここで描いてんだ。すなわちこの場所が仕事場ってわけさ」

「豪勢な生活をしてるって割には、ひどく顔色も悪かったが……」

「お母さん、だめだよう。また歌さん、箸《はし》もつけない」

猿が呟《つぶや》くと同時に、障子《しょうじ》が開く。その向こうにいたのは、先ほど歌とともにいた女だ。

彼女は手に盆を持ったまま、困ったように眉根を寄せる。

それを見て遣手もため息をついた。

「困ったことだ。もう歌さん、三日もろくに食べてないじゃないか」

「あのひょろひょろ、偏食なのかい」

「さてねえ。天ぷらも鯉《こい》の洗いもどうもお気に召さないようで。贅沢《ぜいたく》なお人だよ」

盆に載《の》っているのは、揚げたばかりと思われる大きな天ぷらだ。串に刺され、からりと黄金色に輝いている。振っているのはゴマか。いかにもコテコテと油っぽい。

隣には、銚子に入ったぬるい酒に艶よく輝く寒鯉の洗い。

それを見て、猿は思わず呟いた。

「そいつは食わねえだろうよ」

「え？」

「ちょいと台所を借りたいんだが」

「ちょっと、あんた、何を」

猿の動きは速い。

落ちていた細帯で袖《そで》をたくし上げるなり、素足のまま階段を駆け下りる。

廊下《ろうか》を行き交う女たちが猿の姿に目を丸くしたが、彼女は気にせず玄関横の土間へ飛び降りた。

そこは釜《かま》の載ったへっついが四つも並んだ台所だ。竈《かまど》の前、腰の曲がった爺《じじい》が一人で鍋を混ぜていた。

「爺。てめえか、朝っぱらから鯉の洗いだの天ぷらだのを作った馬鹿は」

「ん？　なんだお前……お前か、さっきから噂《うわさ》になってる猿ってのは」

台所に飛び込んできた猿を見て、爺が目を剥いて怒鳴《どな》る。が、猿は気にもとめない。

爺は随分と年寄りのようで、頭はすっかり白いごま塩だ。

猿は爺の体を腕で押しのけ、鍋の蓋《ふた》を取り鼻を動かす。

「おいおいおい、人の商売道具を勝手に触るんじゃねえよ」

「そんなご大層な道具でもねえだろう。ちょっくら借りるぜ」

猿は太い腕をぐっと伸ばし、ざるに並んだ豆腐を手のひらの上に載せて眺める。

「……まだ新しい。買ったばかりの焼き豆腐か。こんな場所にゃ、明けの前から棒手《ぼて》振《ふ》りが来るんだな」

彼女はそれを遠慮《えんりょ》なく、鍋の一つに放り込んだ。

「あっ豆腐をてめえ。それは俺の」

「また買えばいい。ふん、こんな場所にしちゃ、いい豆腐だ」

それはずっしりと重く、角の立ったいい豆腐である。

放り込んだ鉄鍋の中には出汁《だし》が煮立ててあった。豆腐はあっという間に出汁の中に沈んでいく。

その湯気に鼻をならして、猿は爺を振り仰ぐ。

「随分と良い出汁だ。精進《しょうじん》からめっぽう遠いこの場所で、手順を踏んだ飯を作ってやがるとはな……おい爺、醤油《しょうゆ》はどこだ」

猿は床にある徳利《とっくり》を嗅ぎ、少しばかり指先に取ってぺろりと舐める。

「上方《かみがた》の醤油ったぁ恐れいるじゃねえか。最近はお上が何かとうるさくっていけねえや。質素倹約《しっそけんやく》、質素倹約で耳がいてえ。しかしよ、何でもかんでも倹約しちゃあ、うまい飯は食えなくなる」

猿は笑ってそれを鍋に注ぎ入れた。こんなに良い醤油を使うのは久々だ、と心が跳ねる。

「吉原でも最近は仕出しばっかりで、見世の台所で飯なんざ作りゃしねえ。仕出しだって適当な料理を漆《うるし》の台に載っけて、高い銭《ぜに》をつけやがる。それに比べて、この見世は真っ当だ。良いものを揃えてるじゃねえか」

まくしたてるような猿の言葉に爺がぽかんと口を開けた。

「てめえ、料理のいろはが分かるのか」

「ああ、鼻は利くほうだ。おい、味醂《みりん》はどこだ」

猿は爺から庖丁を奪い取ると、まな板の上で葱《ねぎ》を刻み始める。それを鍋に放り入れたあと、爺の差し出した味醂も鍋に注ぐ。

爺は悪態《あくたい》も忘れたように、猿の動きを見つめていた。

「お前が作っているのは……豆腐の汁か」

「焼豆腐吸したじ……っていうのさ。お上品な花魁《おいらん》様の口にゃ合わねえが、市井の娘は喜んで啜る。本当なら葱は入れねえが、入れたほうが香りがいい……おっと、ここに辛子《からし》もあるな……こんな寒い日に冷たいもんや油っこいもん食わせる馬鹿がどこにいるんだよ。あったかいもん食わせてやんなきゃ、身が冷えるばっかりじゃねえか」

「ふん。ガキのくせに手がよく動く」

「ったりめえだ」

熱い火にゆっくり煮立てられ、鍋の中の焼き豆腐が浮かぶ。それを見計らって、猿は豆腐をそっと引き上げた。

濃い目に仕上げた出汁を、上から注ぐ。さらに焼き目のついた豆腐に、黄色の辛子をちょいっと乗せる。

「慣れてんだよ、こんなことは」

皿の上に、焦げ目のついた豆腐が温かな湯気をあげた。

葱の色と辛子の色が、冷えた空気の中で鮮やかに輝いている。


「おい、ここか。白ひょうたんの先生は」

突然障子を蹴り開けた猿を見て、中の遊女が目を丸くした。

二階の一室。赤い寝具の上に寝転がった歌の隣で、女が体を傾《かたむ》け三味線を弾いている。

部屋には空っぽの鳥かごが転がされ、その側には友禅《ゆうぜん》で作られた猫の首輪なども落ちている。猫の毛、犬の毛、何でもありだ。小綺麗な建物には似合わない、雑然とした部屋である。

「おいおい、きたねえな。ちったあ掃除《そうじ》しやがれ」

固まる二人の間に遠慮なく入り込んだ猿は、無言のまま歌の腕を引いた。

「飯を持ってきた、食え」

猿は手にした大きな皿をぐいと押しつける。台所から運んできたばかりのそれは、まだ柔らかな湯気をあげていた。

「なによう。歌さんは食べないって……」

「冷え込んで腹の具合も整わねえうちに、天ぷらや鯉の洗いを食わせる間抜けがあるか」

猿が掴んだ歌の腕は、恐ろしく冷えている。

細く、白い。今にも折れそうだ。

この手で絵を描くなど、不思議なことだと猿は思う。筆を握ることさえ難しそうなほど、細く弱々しいのだ。

「冷えてんだろ？　ほら、食ってみろ、温まるから」

そんな歌の手に、皿を無理矢理持たせる。

彼は目を細くして、猿を見上げた。先ほど自分が拾ったことすら忘れたような顔つきである。

それに腹が立ち、猿は箸を歌の手に握らせた。

「食え。いいから。とにかく、一口だけまず食ってみろ」

「猿が作ったのかい」

「そうだ」

歌さんは食べない、と、遊女はきいきい叫ぶが、それを足で押しのけて猿は歌の隣を陣取る。

そしてじっと彼の顔を見つめた。

「食え」

「豆腐かい」

「豆腐だ。毒なんざ入っちゃねえよ。あったけえだけの豆腐だ」

歌はしばし皿の中のものを見つめていたが、やがておそるおそる箸を手に取る。

豆腐をひとかけ、そうっと箸の先でつまみ上げた。そして出汁をひと啜り。

しゃり、と葱を噛む音が静かな部屋に響いた。

朝の淡い光の中、消し忘れた行灯《あんどん》が湯気の向こうで揺れている。

「……ああ、あったかいねえ」

「あら……」

彼の白い喉《のど》が、かすかに上下した。

「……食わせてやりたいもんだ」

歌が、ため息のようにそう呟いた。小さなその声は、猿にしか聞こえなかっただろう。

彼は言葉をごまかすように、豆腐を吸い込み、噛んで飲み込む。そして出汁まできれいに飲み干した。

ぺろりと、赤い舌が唇を舐め上げる。

「……猿」

「おうよ」

「お前、料理ができるのだね。どこで覚えた」

「吉原で」

そして猿は胸を張った。

「あたしの親父が、吉原の料理人だ」

「ふん、十分だ」

歌は薄く笑って、床に落ちていた筆を取る。

先ほどよりも、指先の血色がいい。

彼は興《きょう》が乗ったように、紙を手に取りさらりと筆を走らせる。

さらり、さらり、描かれていくのは美しい女だ。

彼の視線の先にあるのは空いた皿と一輪の梅の花だけ。それを眺めながら、彼は美しい女を描く。

「何も見ずに、よく描けるもんだな」

「見えてるのさ……あたしにはね」

意味深に呟き、彼は筆を何度も動かす。

「しかし、いつもよりは見えにくい……おやおや、猿を怖がっているのかい……?」

紙の上に描かれる女は遊女でもなければ、猿の顔でもない。美しいが、鬼気迫る痩せた女である。

歌は筆を滑らせる手を止め、じっと猿を見つめた。

「不思議な娘だね」

先ほどまでの人を小馬鹿にした目ではない。安堵《あんど》したような、そんな不思議な表情だ。

「……猿。お前さん、行く当ては?」

「ない」

歌の筆先をぽかんと見つめたまま、猿は呟く。

「……絵、うめえもんだな」

「では猿、ここに住めばいい。そしてあたしの飯を作るんだ」

歌は手早く一枚の女を描き終えると、それを猿の手の上に置いた。

「それで泊まり賃は、あたしが払ってやろう……あと、絵も時々描いてあげようね。あたしの絵は売ると良い金になるらしい」

「ああ。もう、また歌さんの悪い癖《くせ》だ」

女が呆れるように呟いて、指先で三味線を弾く。

ほろりと弾かれたその音は、柔らかい音色となって妓楼の中に響き渡った。

そして、外ではまた白い雪が降る。

(今日は雪に豆腐に歌の皮膚《ひふ》に……白いものばっかりだ)

猿は窓の向こうに見える白い雪を眺める。

（一度は死んだと思ったが……）

積もる雪、三味線の音に出汁の香り……猿は自分の手をじっと見つめる。久しぶりに握った庖丁《ほうちょう》は、心地よいほど指に馴染《なじ》んだ。

（もう二度と、庖丁を握れねぇと思っていたが）

俯く猿の背を、歌が軽く叩いた。

「だからお前さんも、もう少し生きてみな」

まだ墨色に輝く絵を見つめ、猿は不意に胸の痛みを覚えた。

芋粥《いもがゆ》

どこかで気の早い桜が咲いた、と噂に聞いた。

しかし可哀想なことに、寒気《かんき》にやられてすぐに散ったという。

つい先日、早春の緩みで暖かい日差しがあった。早咲きの桜はそれに騙《だま》されて花を開き、余寒《よかん》に当てられて散ったのだろう。花の命は短いというのに哀れなことだ。

早春の花は、若い娘に似ている。

若い娘も偽りの暖かさに騙されて花を開き、そして哀れに散っていく。

憎いことだ、と、また降り始めた早春の雪を眺めて善治郎《ぜんじろう》はそう思った。


「歌の朝餉と、婆さんの昼飯。それとぜんじろの飯に……」

鍋の様子を覗き見ながら、猿が忙《いそが》しげに駆け回っていた。

「メザシを焼いて、汁を作って……おおっと、ぬか漬《づ》けも出さねぇと」

「おお。旨そうだ、旨そうだ」

善治郎は猿の背後、土間に置かれた桶に腰を下ろしてわざとらしく鼻を鳴らす。

「メザシを焦がすなよ。ほれ、汁が沸くぞ、煮詰まっちまうぞ、急げ急げ、猿……」

手拍子《てびょうし》をして茶化す善治郎の声を受け、猿が細い目をつり上げた。

「おい爺、すっかりご隠居《いんきょ》かよ、良い身分だな」

「俺ぁてめえに台所を盗まれたんだ。年寄りはおとなしくしておくよ」

善治郎は冷たい指先をすり合わせながら、息を吹きかける。

「あったけえ日が続いたあとに急に冷え込むと、体にこたえらあな。どうも腰も足も痛くって、台所仕事が辛くてたまらねえよ」

そして、細めた目の向こうに猿の姿を見る。

朝日を浴びる彼女の姿と艶やかな格子の窓は、いかにも不釣り合いだった。

……善治郎が住むのは深川の花街。

大黒と呼ばれる街の一角、「たつみ屋」という妓楼で厨房を任されて、すでに五年は経とうとしていた。

花街であるこの街には、綺麗な娘が百花繚乱《ひゃっかりょうらん》のごとく咲き乱れている。

その中にあって、猿だけは異質だ。

着飾る気がないのか、地味な格子柄の着物に、古びた前かけを着け、髪は結い上げただけ。飾りも付けない。その髪もひどく固そうで、年頃の娘には見えなかった。袖を捲り上げているせいで、丸太のような腕が丸見えだ。そんな格好で鍋の様子を覗く姿は大きな猿にも見えるのだ。

（しかし、悪い娘じゃなさそうだ）

と、善治郎は指をすり合わせながら娘を見る。

「そういや聞きてえことがあるんだ、ぜんじろ」

「なんでえ、珍しくしおらしいじゃねえか」

「歌の悪い癖ってのはなんだい」

「悪い癖ねえ……」

伸びかけた髭《ひげ》を弄りながら、善治郎は呟く。

「勿体《もったい》ぶるんじゃねえよ。みぃんな言ってらあ、歌のやつにゃ、悪い癖があるってな。老い先みじけえ爺なんだ。今更出し惜しみしてんじゃねえよ」

「ふん……そうさな。歌さんは面白がって、いろんなものを拾ってくるんだよ。猫や犬やネズミ」

「ああ……あの鳥かごや猫の首輪はそういうことかい。飽きて捨てたか、逃げ出したか……」

「それだけじゃねえ」

気難しそうに眉根を寄せる猿を見て、善治郎は笑いを堪《こら》えた。にやけ面を抑えるように、髭を撫《な》でさする。

「……猿まで拾ってきやがった」

視界の向こうで、猿が太い眉をぎりりと上げた。

この猿がたつみ屋に現れてから、もう十日になろうとしている。

彼女に名前を聞いても本名を明かさない。過去についても語らない。口を開けば悪態だ。罵倒《ばとう》の類《たぐい》は百も知っているくせに、生い立ちなどを聞けば途端、貝のごとく口を閉ざす。

ただ、不思議と料理だけはうまい。仕込まれた動きだ。本人曰く、吉原の料理人だった父に仕込まれ料理番を継いだ、とのことである。

女の料理番なんぞ聞いたこともないが、動きを見ている限り嘘《うそ》ではなさそうだ。

彼女は吉原から逃げて来たという。恐らくまずいことをして逃げて来たのだろうが、吉原に悪感情を抱く深川の女たちは理由も聞かず拍手喝采《はくしゅかっさい》でこの娘を受け入れた。

そもそも、困った鳥が飛び込んでくれば守ってやるのが深川の気質である。それが料理のうまい鳥であれば、喜びこそすれ追い出すような真似は誰もしない。

そうしてちゃっかり、娘はこの見世に落ち着いてしまった。

厨房担当を奪われた善治郎といえば、すっかり楽隠居である。

「ふん。あたしは拾われたんじゃねえ。歌が飯を食わねえから、仕方なくここにいてやるだけだ」

猿は口が悪い。娘とは思えない口調で善治郎を睨むと、鍋の蓋を取って混ぜ始める。

口の悪さに反して、手の動きは繊細《せんさい》だった。味付けも庖丁さばきも善治郎が舌を巻くほど上手にこなす。

「あら、いい匂い」

「ああ。嬢ちゃん、猿をどうにかしてくれよ」

台所を遊女の一人が覗いた。優しそうな顔をした娘だ。

台所は入り口すぐ横にあるので、客を見送った遊女らは必ずここを覗いていくのである。

「猿め、俺の台所を取りやがった」

善治郎が声をかけると、遊女は目を丸くして猿を見た。

彼女がまとうのは、深川遊女の証でもある男の羽織。その襟から覗く空気には、吉原にはない引き締まった甘さが香る。

「なあに猿。あんた最近毎日料理してるのね。美味しいって噂よう。ああ、いい匂い。おなかが空いた」

女は羽織の袖で口を隠して楽しそうに笑った。

「芋を煮てんだよ。食いてえなら、昼頃に部屋に届けてやるよ」

「あら、うれし」

「だから、とっとと布団に入って寝てな。朝に休まねえと、昼からの仕事に差し支えるぜ」

甘い香りをまき散らしているのは、里芋の煮付けである。

小汚い土にまみれた芋だが、皮を剥けば雪の如《ごと》き白肌となる。猿は今朝、そんな芋をどこからか仕入れてきた。

「てめえ、猿。すっかり棒手振りとも仲良しになってやがるな。俺より先にいい野菜を仕入れてきやがる」

善治郎は火鉢に手をかざしながら口を尖らせた。この娘には不思議な魅力があるらしい。口の悪さも愛嬌《あいきょう》の一つなのか、気難しい行商人……棒手振りも猿相手にはいい野菜を売るのである。

仕入れたばかりの芋は鍋の中で甘辛く、照りのある茶色に煮付けられていた。その切り方も、悔しいがなかなかにうまい。

「猿め。庖丁だけでなく、煮炊きにまで手を出しやがる」

「あらでも親父さん、嬉しいんじゃないの。最近は足腰が痛いから台所仕事が億劫《おっくう》だって、そう言ってたくせに」

女はきゃらきゃらと笑い声をあげて去っていく。

「全く……ここの見世の娘どもは遣手に似て口が悪い」

それを見送り、善治郎はため息をついて立ち上がった。

格子の窓から外を見れば、ちらりと雪が降っている。

床に投げ捨てておいた半纏《はんてん》を掴んで笠をとり、善治郎は温めた酒を竹の筒に流し込んで蓋をした。

重い足を引きずって、善治郎は暖かな火鉢に背を向ける。

「おい、猿。俺はちょっくら出かけるがな、火だけはきちっと見とけよ。火事なんざ出してみろ、承知しねえからな」

そして善治郎は見世の外に出た。身を切るような風が、善治郎の顔を殴りつける。

善治郎は、雪を踏み抜く音を聞きながら一歩、また一歩と歩き続けた。

浅葱色の暖簾を越えて見世の外に出れば、雪の中を顔馴染みの遊女たちが遊んでいる。

時刻は明け六ツを過ぎた頃。昼に見世が開くまで、遊女たちのしばしの休息だ。皆、辛いこともあるだろうが無邪気に雪で遊ぶ様は、そのあたりの娘たちと変わらない。

(元気なこった)

善治郎は娘たちに手を振り振り、雪の道を行く。

たつみ屋があるこの花街『大黒』は、永代橋を降りてすぐ。船宿の奥に隠れるように存在する。

小さな茶屋と妓楼などがぽつりぽつりと点在するだけで、八幡宮の門前にある岡場所ほどの賑わいはない。寂れているので客も少ないが、だからこそ門番なんぞも一人で良い。

いくつかの茶屋と妓楼の建物を越え、小さな木戸があるあたりがこの街の終点だ。

図体の大きな門番に挨拶をして、善治郎は木戸をくぐる。吉原と違って大門もなければ、見張り小屋などもない。遊女の足抜けなども、ここに限ってはほとんどない。

ここで働く娘たちは、年増《としま》か借金持ちか夜鷹《よたか》あがり。身請《みう》けをされて所帯を持つかここで死ぬか、それ以外に行く先のない娘たちばかりなのだ。

善治郎は腰を曲げたまま冷えた手をさすりつつ、誰もいない道を歩く。

岡場所を出て小さな橋を越え、まだ先に進めば、八幡宮が見えてくる。鳥居を横目にさらに進むと、そこに不動堂があった。

春には花見で賑わうが、寒い季節には人の姿は一人もない。坊主でさえも籠《こ》もっているのか、袈裟《けさ》の色も見えなかった。

見えるのはただ一面の雪だ。真っ白な雪だけだ。

不動堂を越え、さらに少し先に進めばそこは昼なお暗い森となっている。

花が咲いているのかと木を眺めるが、それは枝についた丸い氷なのである。氷の周りに雪が化粧を施《ほどこ》して、小さな花びらに見えた。

ひどく冷える如月《きさらぎ》の空だ。曇り空からみぞれ混じりの雪が降る。

善治郎の娘が死んだのも、こんな寒い日のことだった。


「今年もきたぜ」

木陰に腰を下ろし、善治郎は曇り空を見上げる。冷える体を気にもせず、善治郎は酒筒の蓋を開けた。ここまでの道のりですっかり冷めた酒は、湯気一つ上がらない。

しかし平然と、その酒を口に含む。

彼が見上げるのは大きな枝振りの木だ。欅《けやき》か、榎《えのき》か。昔からここに立つ巨木である。

地面からむき出しになった根を撫でて、善治郎は呟く。

「まあ心配すんな。俺が生きてる間は毎年きてやらあな」

酒を口に含んでも、味がしない。唇が震えて、口の端から酒が漏《も》れた。その酒が腕を濡らす。濡れた先がひどく冷えた。

今年も寒い冬である。

「……何もこんな寒い日に死ななくても良いもんだがな。つくづく、てめえは親不孝もんだよ」

酒を飲み込んで、善治郎は木を見上げる。

（……馬鹿な娘だ）

枝振りが一番太い、その立派な場所で数年前、娘は逝《い》った。

（気づかなかった俺も馬鹿だ）

もちろん、今はそこには何もない。太い枝には縄の跡さえ見えない。しかし目を閉じれば浮かんでくるのである。

数年前、そこに一張羅《いっちょうら》の着物をまとった娘がぶら下がっていた。まるで早咲きの桜が哀れに散るような姿で、早春の風に薄い桃色の着物が揺れていたのを覚えている。


「――おい。くそ爺」

目を閉じていたのか、眠ってしまっていたのか。

気がつけば顔の半分が凍るように痛い。腕をいやというほどに引っ張られて善治郎は、はっと目を開けた。

「……な」

「行き倒れんのが好きだってんなら止めやしねえが、風邪を引きたくねえなら、あたしの肩に掴まんな」

「おま……え」

すぐ目の前に色の黒い娘がいる。太い腕が善治郎の腕を掴むと、軽々体が浮かぶ。

驚いて腕を払うが、情けないことにそのまま雪の中に尻餅をついてしまった。

体にはうっすらと雪が積もり、指先は赤い。どれくらいここで眠り込んでいたものか。竹筒は雪に転がり、すっかり冷え込んで体が強張《こわば》っている。

「さ、さる……な、なにしにきた」

「帰りが遅えから、迎えに来た。ほれ、酒だ。てめえのは冷えてるだろ、こっちを飲みな」

善治郎を引っ張り起こしたのは猿だ。

彼女はここまで駆けてきたのか、鼻先を赤く染めて鼻水を啜り上げている。

「なんで分かった、この場所が」

「遣手に聞いた。毎年てめえがここに来るってな」

猿から押しつけられた酒はまだ温かい。受け取ると指先が痺れ、口にするとその熱さに体が震えた。

酒を飲み込めば、舌の上で杉の木がかすかに香る。

これは上方の下り酒だ。杉の木樽《きだる》に詰めて船に揺られてくるので、香りがつくのだ。

酒としては一級品である。

この当たりの柔らかさは伏見《ふしみ》の酒だろう。女酒と呼ばれるその酒は、温めるとなお優しい味わいになる。

「雪まろげのつもりか、爺。ひどく冷えてやがる」

猿は善治郎の半纏についた雪を払う。そしてふと、彼女は目前の木を見上げて目を細めた。

「……ここで何があった」

勘の鋭い娘である。善治郎は酒を口に含み、残った酒を木の根に注ぐ。

「娘が死んだ」

「命日かい」

猿はじっと木を見上げると、まるでそこに娘がいるかのように手を合わせる。

繊細なその動きを眺めながら、善治郎は口を滑らせた。

「俺ぁ、こう見えても昔は侍だ。女房も娘もあったんだ」

雪の積もった半纏に顎《あご》まで埋まって、善治郎は冷えた鼻を鳴らす。

昔も昔、思い出すのも気恥ずかしいほどに昔、善治郎はとある地方大名の江戸屋敷に仕える料理番であった。料理番であっても侍を名乗れた時代である。

娶《めと》った妻は凋落《ちょうらく》した武家の娘だった。美しく優しい妻だった。夫婦仲は周囲が羨《うらや》むほどで、すぐに娘も生まれた。順風満帆《じゅんぷうまんぱん》、幸せな日々であった。

しかしそんな些細な幸せは、たった七年ほどで消え失せる。

「気がつきゃお家取り潰しで俺も浪人だ。周囲に頭をさげりゃいいものを、片意地張ってこのざまよ……女房は、そのあとすぐに死んだ」

妻は娘が七つの年に逝った。苦労ばかりかけさせた妻である。謝る機会もなく、彼女は善治郎の前から姿を消した。

残された娘は、甲斐性《かいしょう》のない父親のことを、とと様とと様と愛らしく呼んで世話を焼く。

娘は亡き妻に似たのだろう。心根の優しい、丸顔の愛らしい娘であった。

「こんな親父を持ったのが運のつきさ。それでも、あの子は真っ当に育ったんだぜ……年頃になるまでな。ただ、年頃になって男に騙されてよ」

娘に男ができたことなど、善治郎はとうに気がついていた。

口を出すべきかどうかさんざん迷って、娘に任せた。それがいけなかった。

「……ややができた途端、男に逃げられて」

相手の男が商家の一人息子であると知ったのは、娘が死んだあとのことだ。

「俺を困らせるとでも思ったか、俺に相談もなく」

善治郎は白く染まる木を見上げた。春になれば不動参りで賑わうこの道も、冬のさなかは誰もいない。

遠くに聞こえる読経の音と、雪が降り落ちる音だけがうるさい。

……五年前のあの日も、そうだったのだろう。

「ここで首をくくった。遺書だけ残して」

こんな静かな場所で、娘は腹の子と二人で逝った。

どれだけ苦しんだ結果だったのだろう。母が生きていれば母に相談をしただろう。

しかし哀れなことに、生きていたのは甲斐性のない父だけだ。

誰にも相談せず、捨てた男に泣き言も言わず、残された遺書には娘の字で父への謝罪だけが並べられていた。

どれだけ娘が悩み抜いたのか、善治郎は何も気づかなかった。

「武家の作法だといって文字を教えたのが間違いだ。そのせいで、娘の遺書なんてもんを拝む羽目になっちまった」

善治郎は懐をきつく握りしめる。そこにあるのは、幾度も捨てようと思った手紙だ。

ちょうど五年前、ここで遺書を破り捨てようとした時に、羽織姿の玄人女《くろうとおんな》（水商売の女）に殴って止められた。

それが、たつみ屋の遣手の婆さんだ。妙な出会いがきっかけで、善治郎はあの店の台所を任されるに至ったのである。

「おい、ぜんじろ。破くんじゃねえぞ」

気がつくと懐から薄い紙を取り出して、善治郎はそれを破り捨てようとしていた。

その手を猿が殴りつける。懐かしい痛みに思わず、善治郎は緩く微笑む。

「……もう何年も前の話だ。とっくの昔の話さ。ただ……慣らいだ。なに、同情はいらねえよ」

「爺、掴まんな」

座り込んだ善治郎の肩を猿が掴み上げる。男衆かと思うほどに強い腕である。

猿は善治郎を軽々と抱え、まるで引きずるように歩き始めた。

「お前、女にしとくにゃもったいねえくらいの腕っぷしだな」

「口を閉じてろ。雪ん中に放り出されたくないならな」

猿が道を進むごとに、光が見えた。不思議なことに、猿が足を進めると、空が晴れていくのである。光が差し込むのである。

熱に溶かされた枝の雪が、音をたてて地面に落ちる。

「なあ。ぜんじろ。間もなく春だ」

猿はふと、真剣な顔で善治郎を見つめる。

「春になったら、いくらでもあの木の下で酔い潰れたらいい。でも今はだめだ。今は帰るぞ」

猿は善治郎の頭に積もった雪を、乱雑に払う。

「てめえの娘が、今の姿見て喜ぶと思うか、くそ爺」

見世に着いたのは、その後すぐのことである。

猿は無言で善治郎を玄関先の火鉢の前に座らせると、すぐに台所へと飛んでいった。

冷えた頬が、体が、一気に心地よく温まっていく。

温まりすぎて、体中が痛いほどだ。

「ああ、あったけえ。おい猿、なにしてやがる」

「粥だ。里芋を入れた」

猿が持ってきたのは大きな茶碗である。中を覗けば、とろとろにとろけた白い粥が見えた。粥の中には茶色の里芋の固まりがいくつも沈んでいる。

味噌を加えて甘辛く炊いた芋を、粥と一緒に煮込んでいるのだ。

しっとりとしたその湯気を浴びながら、善治郎は目を細める。

甘い、優しい香りだ。そして鍋から聞こえる音がいい。ことことと、眠たくなるような優しい音だ。

（……生きていてこそ、か）

生きている、と善治郎は震える指を握りしめた。

「……歌さんには、もう朝餉の支度をしてやったのかい」

温かいその粥に鼻を近づけると、善治郎は妓楼の珍客を思い出す。彼の名前を口にすれば、猿は太い眉をガリガリとかきむしる。苛立《いらだ》った時の癖のようだった。

「もう食わせたさ。あいつはすっかり、あたしの飯しか食わねえ。困ったもんだ。それにまた猫の子を拾ってやがったから、大事に飼えと説教したら、すっかりふてくされちまって……」

歌は偏屈《へんくつ》だ。好き嫌いも多い。

食いたくないものは一口だって食べやしない。そのくせ不思議なことに、なぜかこの身元不詳な娘が作った飯だけは食べるのだ。

文句を言いながら、それでも猿は毎日毎日飽きもせず、歌に飯を作り続けている。

「あっついから気をつけな」

茶碗の湯気が鼻をくすぐり、善治郎の腹が小さく鳴った。

箸を手に取りとり粥を啜れば、熱い液体が喉に流れ込む。噎《む》せそうになるのを堪えて、一口、二口。合間に芋を噛みしめれば、とろりとした甘みが口の中に広がった。

「ふん、ふん。まああだな。煮炊きは父さんからか」

「庖丁のいろはから親父に習ったよ。親父は吉原の料理番だ」

「できた親父さんじゃねえか。俺はどうも無粋でよ、吉原を知らねえんだが……吉原の見世ってのはどこも料理がうまいのかい」

「親父だけさ」

膝《ひざ》をむきだしにして胡座《あぐら》をかいて、猿も粥を啜る。善治郎の言葉に、彼女は鼻先で笑った。

「普通は見世じゃ酒の肴《さかな》くらいしか作らねえ。料理は仕出し屋から取り寄せんだ。でも親父の料理は評判がよくってな。だからその見世じゃ、飯から肴まで親父が作ってた」

猿は自慢げに鼻を鳴らす。口の横に米粒がこびりついていても一向に気にしない。

「外の仕出し屋が商売上がったりだと、親父を引き抜こうとしたが、頑《がん》として見世の台所を動こうとしなかった男さ」

「立派なもんだ」

「……ま、本当の親父じゃねえけどよ。あたしは、てなし子だ。どこぞの遊女が産んで溝に捨てたがしぶとく生き残ってたのを、親父が米汁と飴《あめ》で育ててくれたんだとよ」

猿は芋を一口、豪快《ごうかい》に噛みしめた。

「顔がまずいんだから、飯くらいうまく作れと、ちいせえ時から仕込まれた。庖丁使いも煮炊きも全部親父譲りだい」

彼女は粥を啜り上げ、満足そうに帯を叩く。その様は見ていて気持ちがいい。

「親父どのはどうしてる」

「死んだよ、半年も前にな」

猿はあっさりとそう言った。その声は明るいが、どこか湿っぽい響きがある。

それは彼女が初めて漏らした、過去話。

「流行病《はやりやまい》でぽっくりよ。いきなりすぎて悲しむ間もありゃしねえ」

「できた親父さんだよ」

「どこがだ」

「親が先に死ぬのがこの世のならいよ。順を守って先に死ぬ。しかも悲しませないってのは立派なもんだ」

善治郎はしみじみとそう言った。

「……おめえの料理の腕は立派だよ」

「ふん。酔っぱらいに褒《ほ》められてもうれしかねえや……でも」

ふと、思い立ったように猿は善治郎の背後に立つ。

「娘の代わりに肩くらい揉んでやらあな」

「……おい、おい猿よ」

大きな手のひらが善治郎の肩を掴んだ。いや、猿の手が大きいだけではない。善治郎の肩は昔に比べて随分と細くなったのである。

思い切り揉まれると痛いほどだ。しかし、寒さに固まった体がほぐれていく。

「うめえもんだ」

娘の手はもっと小さく細く、か弱かった。しかし時折こうやって、肩を撫でさすってくれた。

あの時なぜ、もう少し優しい声をかけてやれなかったのか。男のことを、腹の子のことを気づいてやれなかったのか。悔やむたびに、善治郎は懐におさめた紙を握りしめてきた。

しかし今日は不思議とそのような感情が湧き上がらない。

ただ、善治郎は猿の顔を横目に見上げる。

彼女は雪の中を走って善治郎を捜しにきたのだろう。髪はほどけ、情けのない姿だ。

「猿よ。俺が金出してやるからよ。馴染みの髪結いの、ほれ、いるだろ。あの色男。あいつに髪を一つ、結ってもらいな」

「いらねえ世話だ、くそ爺」

「俺はよ、娘に親らしいことなんざ一つもしなかった、だめな親父だよ。せめて、娘の代わりに受けてくれ。もちろん、俺の娘のほうがてめえより別嬪《べっぴん》だけどよ」

先ほど飲んだ酒と、猿の作った粥。そして肩を揉む猿の体温のおかげで善治郎の瞼《まぶた》が重くなる。

どこかで、時を知らせる鐘《かね》が鳴った。昼九ツの鐘、正午の鐘だ。

この雪だ。今日の昼見世に来る客は少ないだろう。なに、もし立て込んでも猿に任せればいいだけのこと……。

「それと」

善治郎は猿を押しのけ、ぬるい床にごろりと寝転がる。

「……今回の礼じゃねえが、猿が伏見の樽酒をこっそり拝借《はいしゃく》してることは黙っておいてやる。ただし今度から、その秘密の晩酌《ばんしゃく》に俺も混ぜろ」

横目に見たのは、台所の片隅に置かれている立派な樽だ。上客にしか出さない、とっておきの酒。確かに最近減りが早いとは思っていた。

その言葉を聞くと猿はふん、と鼻を鳴らして善治郎に半纏を投げつける。

「いい酒は、年寄りにゃ毒にならあ」

そしてこっそりと、善治郎に耳打ちした。

「……ま、一杯ならわけてやる。ただし今度だ。最近は遣手の目がうるせえからよ」

猿は気まずそうに顔をそらして、こそこそと台所に戻っていった。

彼女が水を使う音が聞こえる。なにかを切る音、鍋のたてる湯気の音、湯が沸く音、三味線の音。

それに混じって雪の溶ける音も耳に届く。

なるほど、猿が言う通りだ。春は近い。善治郎は天井に浮かんだ茶色い染みを見上げながらそう思う。

花が咲いて世間が賑やかになる頃、お不動の森へ行ってみよう。そこで酒でも飲んで寝転がろう。

これまで、雪の日にしか足を運ばなかったあの場所は、春になれば人で賑わい、花が咲く。

きっと、そのほうが娘も喜ぶはずである。

(……なんで気づかなかったかねえ)

ことことと煮込まれる温かい音を聞きながら、善治郎は晩冬のまどろみを楽しむことにした。

貝鍋《かいなべ》、白酒《しろざけ》

男の手のひらは大きい。指も太く、力強い。しかし、その見た目に反して動きは繊細だ。細い櫛《くし》を動かし、女の髪を撫で、油を塗って紐《ひも》で器用にまとめて縛る。

男は自分の手をじっと見つめた。

この手に握るものといえば、櫛と油と紐に赤や金銀細工の繊細な髪飾り。

そのせいか、同年代の男に比べると、手の色は抜けるように白い。

男の職業は髪結師である。

女髪を派手に結うことは最近では奢侈《しゃし》、といわれて禁じられている。

……が、花街では黙認されていた。見世には髪結師が定期的に通っては、娘たちの髪を梳《す》いて解いて直していく。

洗い髪の女たちは、信用しきって髪結師の前で白い首を晒す。透けるような首だ。

そこに濡れ髪が黒い水面のように広がる。その美しさを髪結師の指がすくい上げ、そうして綺麗に形作るのである。

　男は、この瞬間が一番好きだった。


「ヤスっ！　てめえの髪結いの腕は立派だと思うけどよ、自分が……されるのは別だい！　いってえ！　やめろ！」

「暴れんじゃねえよ、この猿！　じぃっとしてろ！　ああ、もうやりにくいったら」

　ヤスは、暴れる娘の髪をぐっと掴み上げて怒鳴った。

「……ありゃあしねえ！」

　ヤスは深川の花街を巡る髪結師だ。大黒の花街にある、たつみ屋はお得意の一軒である。もう一年以上、この妓楼で女の髪を結ってきた。

　ここの女は皆心優しく、遣手も正直者だ。金払いが良いこともあって、やりやすい見世の一つだった。

　ただほんの先月あたり、一人の女が住み着くようになってから若干、勝手が変わった。

「てめえの髪はかてえな。まるで女の髪じゃねえみたいだ」

　娘……猿の体を足で押さえながらヤスはため息をつく。

彼女は遊女ではない。とても遊女にはなれないだろう。彼女の顔はお世辞《せじ》にも美しいとはいえず、性根も優しいとはいえない。口も悪ければ足癖も悪い。

今もまた、ヤスの足を蹴り上げながら、小猿のようにきいきいと叫び声をあげている。

「このっ！　ヤス坊！　はなせっ！　なら、結わなきゃいいだろ。あたしの髪なんざ」

大声で喚《わめ》き散らすものだから、遊女たちが面白がって部屋を覗いていく。

猿にあてがわれた部屋は、一階の一番奥。昔は行灯《あんどん》を収納する行灯部屋だったそうである。

昼なお暗い行灯部屋は、いつ見ても薄気味悪い。

今の遣手がここを引き取るより前、行灯部屋は悪さをした遊女を折檻《せっかん》する部屋だった……という噂がある。そのせいか、夜になったら遊女の幽霊が出ると、もっぱらの噂だ。実際に目にしたといって、病んだ娘もいる。

しかし猿は気にもしない。どうせ夜なぞ寝るだけだ、というのである。

おかげで、畳《たたみ》の青さも瑞々《みずみず》しい。そんな部屋を猿は手に入れた。

その部屋で今、彼女は暴れちぎっている。

「歌さんから！　言われ……てんだよ！　ちったあ猿を身綺麗にしてやんなってな」

「てめえ、この間は厨房のぜんじろが金払ったって言って、結いやがっただろ！　あん時は結わしてやったが、ここんとこ毎回じゃねえか！　その後は全部、歌の野郎が払ってやがんのか！　くっそう、あとで怒鳴りこんでやらあ！」

「歌さんだけじゃねえよ。ここの遣手も、あとほれ、門番の片目と、他にも皆から先に金もらってんだ。あと五度は結えるぞ。諦めておとなしくしてやがれ」

ヤスは怒鳴って猿を無理矢理、机の前に座らせる。

机の上に置かれた鏡には、ふてくされたような娘の顔と疲れ果てた自分の顔が映っていた。

遊女たちには良い男っぷりと褒められる顔も、こうなればかたなしである。

「全く、鏡もねえ女の部屋なんぞ初めて入ったぞ。この鏡、くれてやるから大事に使えよ」

「自分の顔を見て何が楽しいってんだ」

ヤスの言葉にも、猿は口を尖らせ目尻をつり上げる。

不思議なことにこの娘、周囲からの評判は高い。鼻っ柱が強くすぐに突っかかってくるというのに、やたらと周囲の人間が彼女を持ち上げる。

といっても、面と向かって褒めるわけではない。ヤスにこっそりと金を渡して「あの娘の髪を結ってやってくれ」なぞと頼みに来るのである。

「猿、俺の髪結いの腕は花街一だぞ！　俺が来るのを待ち焦がれる娘もいるくらいだってのに」

「あたしは、てめえの腕のことを悪く言ってんじゃねえ、髪を結われんのが嫌いだってんだよ！」

「ああ、もう黙ってろ。仕事になりゃしねえ」

ヤスはやけになって猿の着物の裾を踏みつけて、髪を高く掴み上げる。

ここまで自分の仕事を嫌がる女は滅多にいない。こうなれば意地だ。誰より綺麗に結い上げてやる、とそう思った。

「しかしヤス、深川じゃ男の髪結いが女の髪を結うんだな」

観念したのか、猿がしゅん、とおとなしくなる。

「吉原じゃあ、禿《かむろ》の髪は男が結ったが、遊女の髪は女の髪結いが巡ってきたもんさ。深川と吉原、同じ花街でこんなに違うかねえ……」

珍しく、猿が静かに語る。しかしこれは罠だ。これまで数回結っているヤスには分かる。気を抜いた瞬間、腹や足のスネを殴って逃げていくのだ。

……春の心地よい風が格子窓から吹き込んでくる。

猿が暖かな風に気を取られた瞬間を狙い、ヤスは彼女の腕をねじり上げて床に叩きつける。罵声が飛んでくる前に彼女の背をまたいで座り、髪をしっかと掴んだ。

「くそっ、てめえ……」

「ふん。もう騙されねえぞ、俺は……そうさ。深川は気っ風のいい姉さんが多いからな。髪結いは男じゃねえと務まらねえのさ」

猿の髪は女のものとは思えないほどに太く、硬く、量も多い。怒るとますます髪が逆立つ。なるほどこれは確かに猿である。

しかもこの娘、感謝を知らない。

こうして結い始めてもう何度目になるだろうか。おとなしかったのはたった一回だけだ。なにか悲しいことでもあったのか、その時は神妙そうに結われていた。

しかしそれ以外は、毎回このように満身創痍《まんしんそうい》で結う羽目になる。

「それに俺ぁ、髪結いの中じゃ色男だ。そんな俺に結われて喜ぶことはあっても嫌がる女なんざ……」

「ちょいと、そこの色男」

ふ、とヤスの背に暖かな風が吹く。

上方の訛《なま》りがかすかに混じったその声に、ヤスの背が知らずに伸びた。

「……お。は……花《はな》か」

顔を上げれば、廊下に一人の女が立っていた。

男物の羽織をまとい、洗い髪を垂らした女だ。小さな顔に鋭い猫目、唇は薄く肌の色は白い。彼女がそこに立っているだけで空気が引き締まるようだった。

彼女は煙管を指でもてあそびながら、ヤスを見つめる。

「次、俺ん部屋だ」

「おう」

ぷらぷらと煙管を揺らし、花は奥の部屋を指し示した。

まだ見世も茶屋も始まらない朝早く。髪結いが来る日は朝から女たちが騒がしい。

髪を洗い、首を長くして髪結を待っているのだ。

実際ヤスは、猿にばかり手間取っている場合ではない。

「俺の次は、隣の部屋の娘だとよ。ヤス、流石の色男は人気者だな……じゃ、あとで」

花は小首を傾げて薄く笑うと長い裾を引きずって、しかし音もなく去っていく。ただ煙管の煙が紫色の雲になり、朝ぼらけの室内にふわりと浮かんだ。

最近は春の雨が続く。湿度が高いせいか、煙もなかなか霧散《むさん》せず、残り香のように余韻《よいん》を漂わせる。

「……てめえ、あいつに惚れてんのかい」

ぼうっと花の残り香を見つめていたヤスに気づいたか、猿が思い切り起き上がる。油断をしていたヤスは、そのまま後ろに転がった。

ヤスは情けない悲鳴を噛み殺し、急いで櫛を握り直す。しかし指先には、かすかな動揺《どうよう》が残っていた。

「……別にそうじゃねえよ」

「花って呼んだな。あの女は玉五郎だぜ」

「見世の名前はな……」

深川遊女の心意気は、その名前にも表れる。男羽織をまとって三味線を叩く女たちは皆、男の名前で男に抱かれるのである。

「花とは同じ村の出よ。だからついつい幼名《おさなな》を呼んじまう。もう故郷を離れて、訛りもすっかり忘れちまったが」

先ほどの花の顔を思い出しながら、ヤスは笑う。

幼い頃から、花とは仲が良かった。同じ村の同い年。男勝りの花とは昔からよく遊んだものである。

しかし、ある時日照り続きで田畑をやられ、小さな村は貧困に喘《あえ》ぐこととなる。

食うに困った花の親は、花を江戸に売るのだと、そう言った。

ヤスが風邪を引いて寝込んでいた間に、花は女衒《ぜげん》（女を遊郭などに斡旋《あっせん》する業者）に連れていかれた。それを聞いたヤスは親が止めるのも振り切って、江戸へと飛び出したのである。

花が売られた先など知らぬ。それにまだ幼いヤスが見世を巡って花を捜し出すなど無謀《むぼう》な話であった。

だから髪結い婆さんの弟子となり、腕を磨いたのだ。吉原を巡り、夜鷹を訪ね、他の岡場所をいくつも巡った。

花を見つけたのは一年前。ここ、深川の地である。

「幼なじみだから、気にかけてるだけだ」

ヤスの指が震える。

久々に出会った花は相変わらずだった。花もヤスを見て、すぐに気づいてくれた。

しかし、特別な会話はかわしていない。

結う男。

結われる女。

それだけである。ただ、それだけでも幸せだった。髪を通じて、花の心が伝わるのである。

二人はきっと、好き合っている。

「まあ、てめえも、女を身請けできるほどの金は稼いでねえか……なら、奪えばいいのにさ」

猿は口を尖らせて、ヤスを見上げた。

「あたしが遣手の婆さんの気を引いてる間に、ぱっと手ぇ取って逃げちまいなよ。てめえの腕なら何も女の髪なんざ結わなくても、八丁堀《はっちょうぼり》の兄さん相手でもやっていけるだろ」

「そうは問屋がおろさねえのよ」

ヤスは思わず苦笑する。

猿は鈍感なように見えて、存外鋭い。ヤスの気持ちなど、とうに見破っているのだろう。

「……ほら、桃の節句だからって婆が桃の枝をよこしやがった。桃を飾りで頭に挿すぜ」

盆に積んでおいた桃の枝を一本引き抜いて、猿の硬い髪に添える。

ぽってりと開いた桃の花は、あとは散るばかりの悲しい定めだ。そんな花を、今宵《こよい》遊女たちは髪に飾る。

「てめえ、洒落たもん、あたしには」

「身分違いの恋なんざ、とうに諦めきってらあな」

ヤスは呟いて、猿の髪をぐるっとまとめる。

その手元で、猿がまた悲鳴のような罵声をあげた。

花の部屋は、いつも線香の香りに包まれている。

部屋の隅には小さな位牌《いはい》と数珠《じゅず》と線香の台があった。花を売った両親の位牌であるという。その位牌を見るたびに、ヤスは腹立たしい感情に襲われる。

「ヤス、猿に手間取ってたね」

「おう。あいつは暴れるから手間で仕方がねえ」

花は襟を大きく開けて首を前へと突き出した。真っ白で長い首である。

ヤスは首に巻き付く髪をそうっとはらって、櫛を優しく入れた。まるで絹のような艶やかな髪が指にまとわりつく。油を垂らせば美しく輝く。

俯いたまま閉じられた花の瞼は、白い。

「なあ、花……」

「ヤス、俺、身請けが決まった」

思わず花の細い肩に伸ばしかけた手が、ふと止まる。

花は目も開けていない。俯いたまま、床に座り込んだまま。

しかし、裾から見える足の指先が、何かを堪えるようにきゅっと縮こまっていた。

「……そうか」

「医者だよ。理屈っぽい爺さんだが、まあ優しい。それに文句はないけれど」

「そうか」

「もう二度と故郷の土地を踏めなくなったのが寂しいね。俺にとっちゃ嫌な思い出も多い場所だが、故郷だ。俺と……お前の」

「……そうか」

花は煙管に葉を詰めて、顔をたばこ盆に近づけた。口元から白い煙がぷかりと浮かぶ。

「てめえと遊んだあの野山も、稲の穂《ほ》も、二度と見られねえな、ヤス」

ヤスは何も答えられない。頭の先から足の先まで一気に冷水を浴びたような心地である。

そのくせ、手の先だけは熱く、髪を結う動きは止まらなかった。

身請けという言葉がヤスの心に刺さる。

……花を買い上げた男がいる。その事実が胸に刺さった。

妻にするのではないだろう。どこかの小さな家に住まわせて、妾《めかけ》とするために買い上げたのだ。

相手はどんな男だろうか。優しいと言うが、本心からそうなのだろうか。

そもそもヤスは、仕事中の花の顔を知らない。どんな顔でどんな声でどんな仕草で男と会っているのか、男と話をしているのか、男に抱かれているのか、ヤスは何も知らない。

「ヤス？」

「結うぞ」

櫛を入れ、紐を通し、高く結い上げ、飾りで留める。

息を止めても目を閉じても髪だけは結える。

しばし無言のまま、ヤスは目の前の髪に集中した。ふと顔を上げると、鏡の中の花がこちらを見ている。切れ長の、美しい目だった。

「……桃の枝を挿すぜ。婆さんからの贈り物だ。今日は皆、桃の枝で飾るんだとよ」

そっと、桃の枝を花の耳の側に挿す。少し照れたように笑う彼女は、まるで小さな子供のようだった。

深川では、遊女のことを子供と呼ぶ。妓楼の遊女たちは皆、義理の姉妹だ。

「そうか。俺ぁ身請けの体でもう見世に出ることはないが」

花は呟き、髪に挿された桃の枝に触れた爪先が、いつもよりも白く冷たく見える。

「綺麗だな……早く次の娘んとこ、行ってやんな。時間がねえだろ」

花の部屋の窓が鳴って、隙間風に線香の煙が筋を描く。

それは少しばかり早い、春の嵐の音だった。


「……」

いくつかの部屋で仕事をこなし、ふらつく足で荷物を抱えたのは昼の直前である。

娘たちは昼から始まる仕事の準備に余念がない。彼女たちが駆ける廊下は賑やかだが、ヤスは幽鬼のようにその間を抜けていく。

荷を持つ腕をつい、と引かれたのは廊下の角でのこと。

「おい、ヤス」

部屋から腕だけを突き出して、声をかけてきたのは猿である。

「婆から聞いた。その……玉五郎のことだが」

猿は珍しく神妙な顔でヤスの腕を引くと部屋に引き入れた。

「おい猿……」

猿の頭を見て、ヤスはため息をつく。

結ったばかりの髪だというのに、すでに崩したのか、乱れて解けている。桃の枝はかろうじてついているが、花びらは半分も落ちている。なぜそうなるのか、ヤスは目をつり上げる。

「てめえ、人がせっかく綺麗にした髪をもう乱してやがる。なんでそんな我慢《がまん》ができねえんだ」

猿の髪に手を伸ばそうとすれば、彼女は激しくその手を払った。

「真面目に聞けよ、ヤス。てめえ、花って呼んでたろ、あの娘のこと。いいのか、その……」

「いいことじゃねえか。優しい旦那さんなんだろ」

猿の部屋は静かだ。

彼女の部屋は見世の奥。廊下を行き交う女たちの声もここにはあまり届かない。春の嵐の音だけが、やけに耳に刺さる。

「年増になって病気になるよりか、ここいらで身を引くほうがずっといい」

ヤスの頭に浮かんでいるのは、花の姿だ。最後まで凛《りん》とした姿を崩さなかった。最後まで、ヤスの前で弱音を吐かなかった。

だからヤスも何一つ、言えなかった。

相手の男が誰なのか、それも知らない。ただ、彼女が身を売る女である以上、こうなるのは分かりきった話である。遊女としては良い身の引き方だろう。

猿は不意に真剣な顔をして、声を落とす。

「もしてめえにその気があるなら、あたしはあの娘とお前を江戸の外に――」

「いや」

ヤスは猿の言葉を止める。猿が今言おうとした言葉は幾度も考えたことである。しかしいくら考えても、幸福な未来が見えてこない。

「二人で隠れ住んで暮らすより、金持ちの旦那のもとで守られているほうが、ずっといいさ」

この見世を切り盛りする遣手の婆さんは案外人情家である。いくら金を持っていても、妙な男に娘は売らない。恐らく、花の身請け先の男も、悪い男ではないのだろう。

「そうさ、ずっといい」

きっと、そのほうが花は幸せである。

「ヤス、今は暇《ひま》かい」

荷を持ち上げようとすると、猿がその手を掴んだ。

黒い目が、ヤスを見上げている。

「なんでえ」

「こい」

腕を掴まれ引きずられた先は妓楼の玄関横にある、台所だ。

へっついに載せられた巨大な鍋。隅に置かれた大きな桶。

カタカタと湯気をあげる釜は昼餉《ひるげ》の用意だろうか。

いい香りがする。壁にかけられた大きな庖丁もざるにあげられた野菜もどれも綺麗だ。小窓から差し込む光が、湯気に反射して輝いている。

その中で、台所番の善治郎が忙しく右へ左へと駆け回っていた。

「おい、爺」

「お、猿。てめえこの忙しい時間になに遊んで……ん。ヤス坊じゃねえか、仕事は終わったのかい」

猿が声をかけると彼は目をつり上げて怒鳴る。が、ヤスの姿を見て、愛嬌のある笑顔を見せた。

「ぜんじろ、てめえは悲しいことがあればどうする」

　ヤスの腕をしっかかと掴んだまま、猿が言う。その言葉にヤスがぎょっと目を見開くが、猿は一向に構わない。

　善治郎もまた突然の質問に動じることなく、顎をさすった。

「そうさな……俺は葱を刻む。あとは茹《ゆ》でた卵さな」

「卵?」

「そうさ、卵をこう……茹でたやつをよ、こんこんこん、と叩いてよ。ヒビいれて、殻《から》をむくんだ。一枚、一枚。無心にな。これがいい」

　しかし猿は呆れたようにため息をつくのである。

「髪結いにそんなこと、させられっか」

「なんでえ、ヤス坊の話か」

「いや、善さん。俺は別に」

　あわてて猿の手を振り払い荷物を手に取るが、猿は執拗《しつよう》にヤスの腕を掴む。

「念のため聞くが、てめえ葱が刻めるか」

「もういいから放っておいてくれ」

「ヤス。以前にあたしが弱ってる時、黙って髪を結ってくれたろう。髪を触られんのは好きじゃねえけど、礼はする。それがあたしの流儀だ」

事情も分からず首を傾げる善治郎の隣で、猿は手のひらをぽんと叩き合わせた。

「ふん……つまりは無心になれりゃ、いいってことだな」

「おい、猿、本当に俺にはかまうな……」

「ヤス、玉五郎の部屋で待ってろ。飯を持っていってやる」

「いや、だって、猿」

猿はヤスの荷物を奪うと桶の裏に隠し、まるで犬の子でも追い払うように手をぱたぱたと動かす。

「玉五郎にも、婆にも話はつけてやる。玉五郎はもう客は取らねえ暇な体だ。ほら、分かったならとっとと行きな」

鍋からは相変わらず、いい香りが漂っていた。

花の部屋は変わらず、春の湿気に満ちている。最近は雪も降らなくなったが、どこか肌寒い。

そんな部屋に、温かい小鍋が届けられたのはしばらく後のことである。

小さな火鉢を挟んで向かい合ったヤスと花。

気まずく座る二人の間に、猿が一つの鍋を置くなり去っていったのだ。

彼女は太い眉をぴんと尖らせたまま、無言で鍋の中だけを指し続けていた。

「ああ……なんて……」

「あったかそうだ」

二人の間に置かれた鍋は、小さな鉄鍋だ。そうっと木の蓋を開ければ、良い香りが顔を撫でた。

鍋の中、たっぷりの葱と豆腐が浮かんでいるのが見える。

鍋の肌が黒いので、底になにが沈んでいるのかは分からない。花がおそるおそる玉杓子《じゃくし》でかき混ぜると、底からゴロゴロと貝が浮かび上がってくる。

いずれも口が開き、硬い貝の合間から白くむちむちとした身が見えている。

「あおやぎだ……でっけえ蛤《はまぐり》まで入ってやがる。葱と。豆腐だ。ああ、貝の鍋だな、あっつい、あっつい……いい香りがするよ。甘くて、濃い」

「すげえな……旨そうだ」

「いい香り」

花は嬉しそうに目を細める。

「あんたがまた来た時は何事かと思ったが、一緒に昼餉を食ってくれるとはね」

花は納得したように肩を揺らして笑った。

「飛び込んでくるなり無言で座り込むんだから、何があったのか驚いちまったよ」

ヤスが再び部屋に現れた時には、驚いて目を見開いた花である。

その後、無言のまま鍋を置いていった猿を見て不安げにしていた花だが、今になって気遣いを悟ったのだろう。

まるで昔の花に戻ったように、無邪気に微笑む。

「どうせ仕事もなくて暇な体だ。付き合ってくれて嬉しいよ……ほら、大きな貝。春だねえ。もうこんな季節かい」

花は箸の先に貝の黒い殻をつまみ上げ、薄い唇で殻を噛む。そして身をするりと吸い込んだ。

大きく立派な貝である。ヤスも殻を歯でこそいで身を吸い込むと、口の中に熱い汁が吹き出した。

あまりの熱さに一気には食べられない。殻を取るのも熱く、ひと手間かかる。もたもたと食べる間に、不思議と空気が和らいだ。

「あっつい、あっつい」

「あっ、白酒だ。これ、人気の店のだね……桃の節句にゃ大勢が並ぶと聞いたよ」

鍋の横に添えられていたのは、一本の徳利だった。白肌のそれを傾けると、杯に白い酒がなみなみとこぼれる。

それは鎌倉町《かまくらちょう》にあるという、人気の白酒であった。花街でもなかなか手に入らないほどの品だ。どういう方法で猿が手に入れたのか、ヤスは気にしないことにした。

「いいのか、髪結いの俺がこんな贅沢」

「いいさ。俺が良いって言ってんだ」

花は貝をつまみ口に放り投げ、酒を啜る。

白酒はひどく甘く、ざらりとした舌触り。しかし、とろりと喉の奥に滑り込む香りが懐かしかった。

遥か昔の幼い頃、まだ村が豊作だった頃に桃の節句で飲ませてもらった。懐かしい味がする。

「……思い出すねえ」

花がぽつりと呟いた。

酒に弱い体でもないくせに、目元がかすかに赤い。

「村で、ほら、こっそりとさ、二人で粥を食った」

「地蔵の前に供えてあったあの米だな」

ヤスは貝の汁を啜りながら、笑う。

男である女である。そんなことも気にかけないほど、ずっと幼い頃。理由など忘れたが親と喧嘩をした二人は、家を飛び出し村の外に出たのである。

外に出たところで、無性に腹が減った。

仕方がないので地蔵に供えてあった米を盗んで、田畑の横にある小屋に忍び込み、そこで粥をこしらえ食ったのだ。

「地蔵泥棒でやっていけば、二人で生きていけんじゃないのか、って」

「すぐ見つかったけどな」

すぐに小屋の主に見つかって、村に叩き戻された。

そして、二人揃ってこっぴどく叱られた。

「ああ、そうだ。懐かしいねえ」

「……泥棒でもすりゃ……二人で生きていけるかもって」

ヤスは湯気をあげる鍋を見つめた。

幼い頃は、無鉄砲だ。何でもできると、そう思っていた。

大人になると、これほどにややこしい。

「……ヤス。俺、あんたのことが」

「花」

花の唇が震え、何かの言葉を紡ぎ出す。その直前にヤスは彼女の口に杯を押しつける。

「続きを言っちゃなんねえ」

そして、自分自身も白酒を呷った。甘く、かすかに桃を思わせる香りがある。ざらりとした感触が喉を伝い落ちていく。

「言ったら二人とも地獄だ」

止めると、花は口を閉ざした。寂しそうに握りしめた拳の上に、桃の花びらがちらちらと落ちていく。

「……おいし」

「うめえな」

貝の汁を鍋の底まですくって飲みきって、二人は同じ香りの息を吐き出した。

「なあ花。おひな様みてえだな」

桃の枝で飾られ、薄桃色の着物をまとい、その上に男羽織をつけた花は、粋で美しい。

先ほどヤスが結った髪は、つやつやと輝いている。

このような女を手元に置く男はきっと幸せだろう、とヤスは満足する。

「幸せになんな」

微笑むと、つられて花も笑った。

それが二人の今生《こんじょう》の別れである。


「手も握らなかったのか、ヤス」

部屋を出て、熱い頬を両手で叩く。と、後ろから声がかかった。

「ふん、格好つけやがって」

「猿てめえ、覗いてやがったのか」

「逆だ。覗き見しようとしていた歌を止めてたのさ」

そこにいたのは猿である。髪は先ほどよりもひどく乱れ、桃の花は散り、黒い枝だけが残る始末。

ヤスは桃の残り香を楽しむように目を閉じる。瞼の裏に浮かぶ花の笑顔は、どんどんと薄くなり、消えていくようだった。

それでいい、それでいい。ヤスは自分に言い聞かせるように、そう思う。

「歌め、放っておくと、すぐに描こうとしやがるから」

猿は胸を張って鼻を鳴らした。

「歌さんが、そこにいたのかい」

「おうよ。覗いて描こうとしてやがった」

猿から見れば歌は恩人である。だというのに扱いはひどい。

彼を引きずり部屋にでも放り込んだのだろう。彼女の手にも頬にも黒い墨がついている。

その姿を見てヤスは思わず噴き出した。

「ところでよ……猿、なんでてめえ、先日はあんなに落ち込んでやがった」

すでに乱れている猿の頭を眺めながら、ヤスは呟く。

最初にこの髪を結った際、その時彼女は珍しく落ち込んで見えたのだ。

「それは……」

珍しく猿が言い淀み、その弱気な声に三味線の音が重なる。どこかの娘が、昼見世の始まりを告げる音を鳴らしたのだ。

「……初物《はつもの》の山菜を、カラスに盗られて」

珍しく照れるように、言いにくそうに、猿は唇を尖らせた。

「でもさっき、同じカラスを見つけたからな。お礼はしておいたぜ」

それを見てヤスは噴き出す。

「で、髪がぼろぼろになったってわけかい」

乱れた彼女の髪を指先で軽く整え、ヤスは彼女の肩を強く叩いた。

やはり、自分の手は女の指を握るのには似合わない。髪の油にまみれているのが一番似合う。

「せっかく俺の結った髪もこのざまだ。また明日結い直してやる」

「いらねえ世話だっ」

あわてたように首を振る猿の前で、ヤスは懐から小銭を取り出し宙に投げる。

「花からお前のための結い賃を貰った。これに俺も金を足せば、二回……いや、三回……ああ、てめえの髪をたっぷり結える。正直、嬉しくもねえが、嬉しい、嬉しい、ということにしておいてやる」

舞い落ちる銭を宙で受け取ってヤスは笑い、猿がますます情けない顔をする。

そんな二人の間に、春の生ぬるい空気が流れて溶けた。

柏餅《かしわもち》

春のじめじめとした長雨が終わると、空気は途端に晴れ上がる。

雲一つない美しい空の遥か向こう、うっすらと山の影が見えた。

それは白い頭巾をまとったようにそびえる富士の山。

それに向かって与太郎《よたろう》はそっと手を合わせ、深々と頭を下げた。


「おい、与太郎。どうしたい」

そんな与太郎に、髪結いのヤスが声をかけた。

周囲はガヤガヤとやかましい。その音に混じって、男の声はやや緩慢《かんまん》に聞こえた。

どこかで夜明けを知らせる鐘が鳴り、格子窓の隙間から、女と酒の残り香が初夏の風に混じり始める。

与太郎はぼうっと周囲を見渡した。

格子窓、赤い壁、まだ光の残る提灯《ちょうちん》。時刻はちょうど明け方。

『大黒』などと縁起のいい名前が付きながら、ここは川の音の聞こえる寂しい裏道に数軒の妓楼と茶屋が点在するだけの花街だ。

吉原にはあるという大門も存在しない。ただ街の中と外を隔てる小さな木戸だけが立てかけられ、そこの門を一人の男が昼夜守っている。

男の名を与太郎と、そういった。

「だめだ、だめだ。与太郎はぼうっとして、でくのぼうだ。顔だけは強面《こわもて》だから門番にはうってつけだが」

別の男が大きな声でそんなことを言う。笑われた与太郎は、伸ばしっぱなしの頭を掻いて、困ったように首を傾げた。

「すまねえ、俺ぁ、朝に弱くて……」

「おいおい与太郎。てめえ、顔だけは強面なんだから、しゃんとしなよ。そうすりゃ、厄だって逃げていく。ああ、てめえの顔は、何度見たって良い鬼瓦《おにがわら》だ。図体も立派なもんだ」

与太郎は地面に伸びる自分の影を見た。

陰は巨大で、肩幅も広い。

実際、顔も恐ろしいとよく言われる。もし暗闇で与太郎に出くわせば、誰でもぎょっとするに違いない。

こんなにも恐ろしい顔を持ちながら、彼は怒るということをしない。だから花街に来る若い衆には、よくからかわれている。

……彼は自分自身の本名を忘れた。

するといつの頃か、誰ともなく彼を与太郎と呼ぶようになった。馬鹿でのろまな与太郎というのである。しかし与太郎はそれを否定もせず、怒ることもない。

それが与太郎という男である。

「せっかくデカい図体してんだ。ちったあ、シャキッとしやがれ」

ヤスが与太郎の背を、笑いながら幾度も叩く。

「いや、いや、いや。しかし、実は与太郎、島帰りの怖い男だと聞いたぜ。騙されんなよヤス」

ヤスの隣に立つもう一人の男が大声で野次《やじ》った。

彼はタケと呼ばれる、こちらもヤスと同じく髪結いの男だ。

しかし髪を結うのはさほど上手ではなく、代わりに化粧がうまいという。

化粧などは本来、遊女が自分で行うものだが、タケの化粧は女たちに評判だ。タケが花街に来れば、女たちは彼に櫛ではなく化粧の筆を持たせたがる。

紅の付け方が違うのだと女たちは興奮気味に語るが、与太郎にはその違いが分からなかった。

髪結いの男に化粧の巧い男……永代橋を渡ってすぐのこの地に広がる深川花街は、吉原と一風異なる空気を持っていた。

ここで働く若い衆も、明るいくせにどこか翳《かげ》を持つ男が多い。

……当然、この与太郎も。

「てめえが木戸の番になってもう一年と少しになるか。早えもんだ。確か、まだあの時は、雪が残っていたっけ」

ヤスの言葉に、与太郎は雪の冷たさを思い出した。

昨年の残雪の頃、与太郎はこの花街に流れ着いたのである。足元に残る雪が冷たく素足に染みたことを覚えている。

その時、与太郎はただ疲れていた。自分の命が重く、鬱陶しいほどだった。

与太郎には身寄りがない。あるものといえば、腕に刻まれた島流しを意味する彫り物だけだ。

ちょうどその時分、恩赦《おんしゃ》があった。与太郎も恩赦によって江戸に戻った前科者であろう……と、皆が眉をひそめた。

（……そうだ、俺は入れ墨者だ）

与太郎は、腕の彫り物を痛いくらいに掴む。

この痕《あと》は、どれほど時が経っても消えなかった。目を閉じれば瞼の裏に、島での悲《ひ》惨《さん》な暮らしが浮かんでくる。

こんな与太郎だ。真っ当な仕事には就けない。やくざ者を抱える花街の見世にさえ断られた。

しかし、奇特な妓楼が哀れがって手招いてくれたのだ。

それ以来、与太郎はその妓楼が置かれた大黒の、木戸を守る仕事に就いている。いかつい顔をしているせいか、事情を知らぬ不届きものは恐ろしがって逃げていく。

一年も経たずに彼の働きは認められ、もう彼を煙たがる人間はいない。

「ヤスさん、タケさん。別におらぁ、怖い人間じゃあねえよ。ちっと図体がでけえだけだ」

「……あたしは好きだよ、そういう顔はさ」

しどろもどろとなる与太郎に、また別の男が近づいた。

男は音もなく近づくと、与太郎の首筋に筆を押し当てる。冷たい感触に、与太郎は情けない声をあげた。

「ふふ。いい顔じゃあないか」

「……歌さん！」

与太郎が驚いて身を縮ませる。そのすぐ後ろに細面の男が立っている。

「お前の顔は描きやすい。しかしこの顔、鬼瓦じゃないねえ……ああ、これは鍾馗《しょうき》様だ。ちょうど端午《たんご》の節句に鍾馗様は縁起がいい。知っているかい、鍾馗様は花街の女を守るんだよ。厄を祓ってくれる、ってね」

その男、真っ白な顔に不健康なまでに細い体。狐のような細い目に、女ものの羽織を肩からさらりとかけている。一見すると身を持ち崩した若旦那にも見えるが、そうではない。

彼は常に筆と紙を持ち歩き、気が向けばその紙に筆を走らせる。

……歌という、妓楼に住み着く絵師の男である。

市中には立派な屋敷を持っているという噂だが、いつまでも妓楼に住み続けている変わった男である。

「ほらごらん」

歌は与太郎の前に紙を広げて見せた。黄色がかった紙に、一人の男の絵が浮かび上がっている。

「片目が潰れているのも、また良いじゃないか」

そこに描かれているのは、ぼさぼさの頭、四角い顔。ひどい目つき、それも右目は潰れて塞がっている。

その傷跡は、赤い曼珠沙華《まんじゅしゃげ》のようにぱあっと広がって顔の半分を彩っているのだ。開いた左目も大きくつり上がり、まるで化け物である。

「化け物みたいな顔、でも気は弱い。常に背を丸めて歩く。目立つことを怖がって、何か秘密を持っている……本名は別にあったはずだが、決して明かさない。誰から言い始めたものか、阿呆《あほう》の与太郎などと呼ばれるようになり、本名なぞすっかり忘れた……」

歌はまるで口上を読み上げるように目を細め、笑いながら言う。

「……それが与太郎という男だ。こんな花街によく似合うねえ。ああ、上手く描けた。そっくりじゃあないか」

彼は自分の描いた絵を満足そうに眺めると、それを与太郎に押しつける。

「お前にあげようね。厄祓いになろうから。礼を強請《ねだ》るわけじゃないが、もしここに猿が来ればあたしを……」

「おいっ！　てめえっ歌！」

かくまっておくれ。と、歌が口を開くと同時に、すぐ側で雷のような怒号が響いた。

「また飯も食わずに逃げやがって！」

その声に、気の強いヤスやタケでさえ肩を震わせる。

驚いて振り返れば、門柱の端から小さな影が飛び出してくるところであった。

年頃の女とは思えないぼさぼさの頭。浅黒い顔に小さな目。猿のような俊敏《しゅんびん》な動きに力強い腕。

彼女は門柱の陰に隠れていたのだろう。飛び上がるように、こちらに駆けてくる。

「猿」

歌が、ほとほと困り果てたようにため息をつく。

「見つかっちまったねえ……」

「てめえの隠れ方は甘いんだよ。そんなもんで、あたしから隠れられると思うなよ」

本名は別にあるだろうが、彼女はこの街で猿と呼ばれる。そう呼ばれているだけあって、彼女は身が軽い。

歌は与太郎の後ろに隠れてため息をつく。

「……ああ。鍾馗様の厄祓いも、効果がなかった。今日はちょっと、外に飲みにいこうかと」

「てめえ、そういって昨日も一昨日もまともに飯を食わなかったじゃねえか」

猿は歌の腕を引っ張るなり、襟を掴み上げる。

着物からむき出しになった彼女の腕は丸木のように太かった。

その腕には庖丁でこしらえた傷だとか火傷《やけど》の痕も数多く見える。

嫋《たお》やかな女の腕にはほど遠い。

髪はほつれ、着物だってぼろぼろだ。あまりに彼女の着物がほつれるものだから、見かねた遊女が繕《つくろ》っていると与太郎は噂に聞いた。

しかし、そのような些事《さじ》、猿はあまり気にしない。

彼女は歌の口を掴み、ひねり上げる。痛い痛いと歌が叫んでも気にしない。

「今日こそは、その口に流し込んででも食わせてやるから覚悟しやがれ」

こう見えて彼女は料理番だ。女が妓楼の料理番になるなど、聞いたこともない。ただし、それがまためっぽう旨い。

猿の飯であれば、食の細い歌でさえぺろりと平らげる。

しかし、その食わせ方には少々難があって、きかん坊にするように、掴んで押しつけ口を指でこじ開けるのだ。

「あの、さ……猿さん、その……そのへんで……歌さんが、その、死んじまう……」

タケとヤスは睨まれた子犬のように小さくなるので、与太郎がおそるおそる猿を止めた。

そして当の歌は、諦めたのか白い唇をもぐもぐと動かす。

「ああ、猿。食べる、食べるよ。お前の作ったものはなんでも旨い」

歌がぐったりと白い顔を傾けた。その白い首を見て猿は満足そうに鼻を鳴らす。

そして、三人の男たちにようやく気づいたように振り返るのである。

「おい、ヤス、タケ、与太郎、てめえらもこい。朝餉を食わせてやる」

初夏とはいえ日差しは強い。障子を開け放ち風を抜かせると、窓につるした風鈴がちりりと鳴った。

猿は空いた部屋に膳《ぜん》を並べて男たちを呼び寄せ、胸を張る。

「一口だって残してみろ、ただじゃおかねえからな」

彼女はそう言うが、部屋に一歩入った途端、与太郎をはじめ全員がほうっと目をとろけさせる羽目になる。

部屋には味噌の甘い香りが漂っていた。朱塗《しゅぬ》りの膳の上には、炊いたばかりの米が湯気をあげている。

用意されていたのは、真っ白な飯ととろりとした茶色の汁。それに青菜が少々。それだけだというのに、不思議と汁からいい香りがする。

「汁か。ひんやりとしている。ふん……おや、とろみがあるね」

文句を言っていた歌でさえ、飯の匂いを嗅いでようやく腹の減りを思い出したのか、おとなしく箸を手に取った。

「潰した豆腐と……ああ、いい香りだ」

「井戸の水で冷やした味噌汁と、豆腐をすり潰してゴマと葛粉《くずこ》を混ぜたもんだ。飯にかけて食えば、こう暑い日でも食えるだろ」

「猿も最近は粋な飯を覚えたねえ」

「黙って食え。頭からぶっかけられてえか」

味噌の香りが食欲を呼び起こしたのか、三人は無言のまま、冷たい汁を喉の奥に流し込んだ。

……と。

「ごめんください。着物をお持ちしました」

涼やかな声が、どこからか響いた。

りん、と風鈴が鳴った。声とともに涼しい風が吹いたようだ。

汁を啜っていた与太郎は、噎《む》せて顔を上げる。残りの男たちもつられるように、廊下を見た。

「あらあら、まあまあ、わざわざ悪いわね。こっちから出向くところを」

「平気です。すぐそばですもの」

障子を開け放っているおかげで、玄関の様子がよく見える。

ちょうど浅葱染の暖簾を押して、一人の女が顔を覗かせたところである。

あわてたように彼女を出迎えた女は、この見世の遣手。

普通、妓楼には経営者たる楼主がいるものだが、たつみ屋には楼主の姿がない。遣手の婆さんが、遊女の管理から金の管理まで、何でもこなしている。

こんな訪問客にも、婆さんは素早く動く。

「さあさ、こちらですよ。外はもうすっかり暑いでしょう。猿っ！　猿っ……全く、気の利かない娘だよ。ぼさっとしてないでお茶をお出ししなっ」

下にも置かないもてなしっぷりで、彼女は客の手をそっと支えた。

その女は遊女ではない。娘風に結った頭に、商家の娘らしい質の良い着物を着込んでいる。

普通の娘と異なるところはただ一つ。

彼女はきつく両目を閉じている。

「……こんなに丁寧にお迎えしていただいて、申し訳ないくらい」

そんな彼女は腕一杯に反物《たんもの》を持ち、ゆっくりと歩いていた。

与太郎は膳を置いて、そうっと廊下を覗く。

その娘、小さな顔に、小さな耳。まだ子供のようなあどけない顔つきだが、口調などはしっかりとした商家風の言葉である。

「目が見えれば良かったのだけど、却《かえ》ってご迷惑をおかけして」

「気にしなさんな……そこに段があるよ、足元に気をつけて」

飛んできた遊女の一人が、気遣うように彼女の体を支える。

頼りなく歩く彼女は、ほっとして微笑んだ。まるで小さな花がほころぶような微笑みである。

……彼女は岡場所のすぐ近くにある、商家の使いだ。

大黒を出て少し先、八幡宮の側は広い参道になっている。彼女は参道沿いにある呉服屋の一人娘であった。

商家の娘だが澄《す》ましたところはない。花街の女たちにも嫌な顔一つせず、着物を仕立ててくれる。

普通、大店《おおだな》の娘が自ら客先へ……それも妓楼に反物を持って来ることなどあり得ない。しかし幼い頃から花街に馴染んでいる彼女は平然と使いをこなす。

その細い首に、うっすらと白粉をはたいてあるのを与太郎は見た。以前に比べ、化粧の施しが華やかになったようだ。

「噂を聞きましたよ。輿入《こしい》れが決まったんでしょ」

遣手が気遣うように娘に言う。その声を聞いて、与太郎の背に汗が流れた。

手のひらが血をなくしたように白く染まっている。それを隠そうと、そっと膝の後ろに回した。

「相手はお侍さんっていうじゃない。すごいわ。祝言《しゅうげん》はいつ頃」

「お年寄りって聞いたけど……」

「あら、それくらいのほうが優しくっていいのよう」

「でももう見世に来てもらえないのは寂しいわねえ……」

娘を囲む女たちは、きゃあきゃあと喧しく騒ぎながら廊下を進む。

外から来る娘は、花街以外の香りをまとっている。外の話を聞きたくて話したくて、遊女たちは仕事の始まる時間まで娘を離さないでいるつもりのようだ。

「……」

与太郎だけでなく、ヤスもタケも歌さえも、自然と膝ではいずり、廊下を覗いていた。

「おいおい、雛のお嬢ちゃん、嫁いじまうのかい」

茶を持った猿がそう声をかけると、娘……雛は足を止めて首を巡らす。

「お猿さん。そこにいるのね。そうなの、急にお話が決まったのよ。でも何の作法もない、目も見えない私にはもったいないお話で」

雛は口に手を置いて笑う。

鈴が鳴るように、愛らしい声だった。

「なんでえ、雛だって大店のお嬢様じゃねえか。何も気後れすることなんざ」

「私ね、縁があって義父に拾われて、今じゃ大店のお嬢さんなんて呼ばれているけど元々は捨て子同然だったのだし……」

……雛の出生の話は有名だった。

彼女は幼い頃、両親を亡くした。それを哀れんだ母方の叔父夫婦が彼女を引き取り養女とした。

その養父こそ、今の店の主人である。養父養母の優しさのもとで、彼女は育てられたのである。

哀れな身の上だ。与太郎は唇を噛みしめて雛を見た。悲しいこともあったろうに、それを見せることはない。

雛の顔にはまだ幼さが残っている。

「なんでまた、そんなお武家さんが雛さんを?」

「お店のお得意さまなの」

雛はころころと、笑う。

「私、この通り、お顔が見えないものだから、立派な人とはつゆ知らず失礼な態度をとってしまったのよ。常連様になるのなら、どうぞ私の調合した香袋をお持ちください。そうすれば、香りで誰か区別がついて、私がお話を伺えますから、ってね」

侍なら怒り出しそうなものだが、男は快活に笑って、相分かった、と素直に香袋を受け取ったのだという。

「それから何日かして……お使いで伝馬町《てんまちょう》の木綿屋《もめん》さんにお邪魔した帰り、鼻緒《はなお》が切れて困っていたらその香りの方が近づいてきて……」

偶然である、と雛も最初はそう思ったそうだ。

しかし偶然ではなかった。伝馬町に屋敷を構えるその男、以前から木綿問屋で雛の姿を見かけて心を動かし、あとをつけ深川の店まで足を運んだのだ……と、すっかり白状した。気味が悪いと見るか、一途《いちず》と見るか。

やがて、その男は幾度も店に通い、仲人《なこうど》もたてず雛の親に結婚を申し込んだのだと、誰かが言う。

武家の男にしては軽率で強引な話だ。与太郎は暗い気持ちを飲み込んだ。

「でも、寂しくなるねえ」

「やだお母さん、嫁に行くのに寂しいなんて言っちゃだめよ。幸せになるんだからさ」

「猿、あんたもこのお嬢さんくらい淑《しと》やかならねえ。そうすりゃ顔が拙《つたな》くとも嫁ぎ先があったものを」

「てめえこそ、ちったあ健気になりやがれ、口の減らねえ婆め」

「……あら」

猿と婆が罵り合う横で、雛が小さな鼻を動かす。そしてその顔が、ゆっくりと与太郎に向けられた。

「そこにいるのは……門番さんですか。今日はお外にいらっしゃらなかったから、どこにいるのかしら……って、そう思っていたところなの」

彼女が動けば、頭の飾りが揺れる。足元の着物が揺れる。

その音に、与太郎は緊張し、動くこともできない。

「私が贈った香だわ」

雛の顔が、近づいてくる。彼女は与太郎の体についた香をかぎ当てたのだ。

与太郎が門番として勤め始めた時、彼女は手ずから小さな袋を彼に渡してくれた。

それは高級な香りのする香袋だった。

「男の方はきっと香りのものなぞお嫌いでしょうが、私ね、目がこうでしょう。お知り合いには一人一人香りの違う香をお配りするの。タケさんもヤスさんも使ってくださって嬉しいわ」

「あ。ああ。俺にゃ、もったいねえほど良い香りで……」

「きっとお優しい顔をしているわ。この香りとおんなじ」

彼女は無邪気《むじゃき》に笑うが、歩き出すと同時に廊下の段差に足を取られる。ふわりと揺れた体を与太郎が支えると、彼女はやはり楽しげに笑うのだった。

「ありがとう。大きい手ね」

彼女の手が指が、与太郎の腕にそっと触れる。

彼女の触れたその場所には、島帰りの刻印が押されている。しかし目の見えない彼女にしてみれば恐怖も何もないのだろう。

与太郎の手に触れて、彼女は寂しそうに呟く。

「私ね、兄さんがいるの。兄さんも大きな手だった」

「兄さんはその……何か？」

気遣うような遣手の声に、雛は首を振る。

「いえ、何もないの。小さな時に奉公へあがったきり。仕事が忙しくてずっと会えていなくて。季節ごとに便りはあるのだけど……今は、富士のお山の近く……参道に大きなお店を持って、忙しいと」

「祝言には？」

「お仕事で……お願いはしているのだけど、来てもらえるかどうか」

「んまあ、実の妹の祝言より大切な仕事なんざあるもんですか」

憤慨《ふんがい》するような遣手の声に、タケが楽しそうに手を打ち鳴らす。

「じゃあ俺が祝言の日、兄さんの代わりに、化粧を施してやる。そしてヤスに頭を結わせよう」

「ばっか、てめえ、兄さんが妹の顔や髪などいじるもんか。でも俺でよけりゃ、喜んで手伝うぜ。誰より別嬪にしてやらあな」

廊下を覗く猿を押しのけて、タケもヤスも続々と雛の前に立つ。雛はあっという間に与太郎の側から離れてしまった。

「まあ嬉しい、どうしましょう」

彼女のたてる小さな音も遠ざかる。それはやがて風鈴の音に紛れて完全に与太郎の耳から消えた。

「それなら、あたしが祝い姿の絵を描いてあげよう」

「なんでえ、歌まで浮かれて。雛に浮ついた水の匂いがついちまわぁ」

歌が楽しそうに言えば、猿が呆れてため息をつく。そんないつもの風景を眺めながら、与太郎は格子窓の隙間から空を眺める。

……早朝は雲一つない青空であった。

しかし今はかすかに雲がかかっている。そのせいか、富士の山は隠れてしまった。

何かを祈るように、与太郎は頭を下げる。

その髪を初夏の風が撫で、雛から託された香りが舞った。

夕刻の鐘が鳴り、花街の門が開く。夜見世の始まりだ。

夕涼みの酔客の足取りは軽く踊るようだ。客が手にする提灯の光がぼんやりと夕日の色を反射して、地面に闇を落とす。

その風景を眺めながら、与太郎は一人で道端に腰を下ろしていた。足元をちょろちょろ流れるのは大川から分かれた小さな川だ。こんな水の流れでも、あるだけで涼しく感じられた。

「どうした片目の。ひどく落ち込んでやがる」

彼のすぐ隣、固太りの影が落ちた。

は、と顔を上げれば、猿が音もなく与太郎の横に滑り込むところである。

彼女は袖に襷《たすき》をかけた格好のまま、胡座をかいて与太郎を見上げる。膝が剥き出しになっても、一向に気にしない。

「与太郎、一体どうしたってんだい」

猿の目は小さいくせに、人を射抜くような鋭い力を持っている。

与太郎は思わず目をそらした。

「別に……」

地面に生える草は春先に比べると硬くなり、しっかりと天を向いている。

これくらい自分も強ければ、と与太郎は情けなく思う。見た目と同じ性格を持ち合わせていれば、と幾度も思った。

しかし、これればかりはどうしようもない。

「……なあ、与太郎よ。違ってたら悪いが……」

猿は珍しく言い淀み、やがて与太郎をじっと見つめて言った。

「もしかして、雛に岡惚《おかぼ》れか。やめとけ、その気持ち、口にもするな。あれはいい子だ。堅気の女、それも祝言前の女を惑わすもんじゃねえよ」

与太郎は、思わず息を止める。

雛を前にした時の態度の変化に気付かれていたのか。猿は案外、勘の鋭いところがある。

「確かに雛は良い子だがよ……」

「……そんなのじゃ、ないんだ」

与太郎を慰《なぐさ》めるつもりなのか、猿は妙に明るい物言いだ。その声に誘われて、与太郎の重い口が開いていく。

「……ただ、お、俺……あの子の、相手の男が気になって」

「武家の男だろ。前の奥さんを亡くしてもう何年も経つって聞いたが、まあ侍ならよくある話だろ。それとも、なんだ。相手が爺さんなのが気に入らねえのか」

夕日はすっかり落ちてしまい、花街には闇が広がりつつある。闇が広がれば広がるほど、花街の提灯は華やかに輝く。

しかし光の当たらない地面は余計、闇が濃いように思われた。

「そうじゃない、相手の男に悪い噂が……」

与太郎は黒い影を眺めながら呟いた。

雛の夫となる男、その噂は花街の中で一時期話題となった。

彼の仕事は人足《にんそく》や馬を扱う伝馬役《てんまやく》である。地味な役ではあるが、幕府内での覚えもめでたく、家も大きい。

そして男は雛より随分年上。前に妻がいたがそれは病で儚《はかな》くなったそうである。子もあったが、こちらも夭逝《ようせい》したという。

「悪い噂ねえ。あたしが聞く分には、仕事熱心な男だそうだが……」

……その男、おとなしそうな顔をしているが、裏ではご禁制の装飾品を密売しているのだとか、すぐに癇癪《かんしゃく》を起こして部下を打ち据えるだとか、そんな噂を与太郎は聞いた。

そもそも伝馬の仕事は人足を多く使うため、賄賂《わいろ》の橋渡しなどを行うことも多い。

特にここ数週間ほど、夜になると彼の屋敷から駕籠が頻繁に出入りをする……そんな噂がある。

それを聞いて、与太郎はぞうっと背が冷たくなった。

「別に、あの子が……幸せになれるなら、それでいいんだ。俺ぁ、何も望んじゃいねえ。でも、相手が……」

「あたしが聞いた噂じゃ、仕事に熱心で真面目がすぎて、上にすぐ意見するから煙たがられてるそうだが」

猿は疑い深そうに眉根を寄せ、与太郎を見上げる。

「本当に悪い男なのか?」

「駕籠に賄賂を隠して屋敷に運んでるって噂もある」

与太郎は息をつめて、呟く。

「俺、調べたんだ。噂では……男の屋敷には表に出せない金がたんまり積まれていて、そこに盗人が出たらしい」

男の屋敷の端にある、巨大な蔵には黒漆《くろうるし》の箱がわんさと積まれてあったと、与太郎は聞いたのだ。

そして盗人は、屋敷の主に情け容赦《ようしゃ》もなく殺された……。

「盗人が殺されたんならよ、誰がその黒漆の箱を見たんだ?」

「え、あ、それは」

「ほらな。人の噂ってのはあんまりアテにならねえぞ」

「でも」

与太郎はぐっと地面を掻いた。

「でも俺」

「その屋敷はどこだ……ああ伝馬町だったな。なに、近えもんだ。おい、行くぞ」

はたと、猿が立ち上がった。与太郎はあわてて彼女の顔を仰ぎ見るが、提灯を背にした彼女の顔は薄暗く表情が掴めない。

「ど、どこへ、何しに」

「その旦那の顔、拝んでやるんだよ。顔を見りゃあ、悪いやつかどうかすぐ分かるだろ」

猿は与太郎の見えない右目側に立ちふさがって、突然彼の腕を取る。

「俺、仕事……」

情けなくもふらつきながら立ち上がると、その尻を猿が思い切り打ち据えた。丸木のような足に蹴り上げられて、与太郎は小さく悲鳴をあげる。

「一日くらい鍾馗様が不在でも、この大黒にゃ般若《はんにゃ》みてえな婆がいるんだ。厄なんざ入り込みゃしねえよ、さ、行くぞ」

猿の妙に明るい笑い声が、花街提灯の影を揺らした。

伝馬町に着く頃には、夜はもうとっぷりと更《ふ》けていた。

滅多に来ることのないその場所は、巨大な役人の屋敷と立派な門構えの商家が延々と連なっていた。木の香りも爽やかな、新しい建物も多い。

武家のものと思われる屋敷の門前では、腰に刀を佩《は》いた男たちが鋭い目つきで見張りをしていた。

人の少ない道には駕籠が行き過ぎるだけだ。棒手振りも町人の姿もない。

ぴりりと引き締まった空気に、与太郎は思わず猿の帯を掴んだ。

「猿さん。俺、やっぱり……」

与太郎は島帰りである。一年ほど前、恩赦によって江戸に戻ったばかりだ。

勤めは終わっている。別にこそこそとする必要などないが、腕に刻まれた入れ墨が彼に綺麗な生活を与えてはくれない。

もし暇な侍にでも見つかれば、与太郎だけでなく猿さえも何をされるか分からない。

顔を上げてみれば道の向こう、立派な駕籠がしずしずと進んでいる。

この先には、件《くだん》の男の屋敷があるはずだ。顔を見られては困ると、与太郎は背を向け顔を隠した。

夜露《よつゆ》が青い霧となり、白壁も道も全てを覆っていた。まるで深い霧に包まれているようで、立っているだけでくらくらする。

「やっぱだめだ。帰りてえ。俺、だめだよ。腕の……見つかったら俺……」

「鍾馗様みてえな顔して、何をおっかなびっくりしてやがる。いざとなりゃあ、青瓜《あおうり》みてえな侍くらい、ぶん殴って逃げればいいんだ」

腹の底から声を張り上げる猿に、与太郎はきゃっと飛び上がって彼女の口を手で塞ぐ。

「でっかい声で……聞かれたら大事だ」

年頃の娘だが、この猿の腹の据わり方といえば、男勝りを超えていた。実際、侍が抜き身で向かって来ても彼女は怯えすらしないだろう。

「声が大きい、猿さん、見つかる、だめだ」

「そんなに腰が引けんのはよ、腹が減ってんだろ。ほれ、まずは食え」

「え」

猿は懐から、竹皮に包まれた大きな握り飯を取り出した。

「握り飯だ。時間がかかるかもしれねえからさ、さっき作ってきた……や、待て、待て。あそこに……そうだ、あそこにいるのがそうじゃねえか」

握り飯を与太郎に渡そうとした猿だが、何かに気づいたように彼女は再びそれを袂に放り込む。

「あの、駕籠に立つ男……」

道の向こうを猿は指さす。

青い霧の中を、先ほどの黒塗りの駕籠がゆっくりとこちらに向かってくる所だった。

青いのは空気だけではない。道の側に菖蒲《しょうぶ》が植えられているのだ。

……そろそろ端午の節句である。節句に飾る菖蒲が、鉢に植えられ、道の端で青い香りを撒き散らしていた。

そんな菖蒲の香りに包まれて、駕籠はこちらへ向かってくる。

駕籠の側には、深く笠をかぶった男が寄り添っている。

こちらが口を開くより早く、男が動いた。

「そこな人」

男は、指先で笠をずらした。

中から覗いたのは、眼光の鋭い男である。穏やかな口調だが、右手はだらりと垂れている。すぐにでも、動けるような手の動きであった。

男は年を取ってはいるが、精悍《せいかん》な顔つきをしている。髪には白いものが混じりつつも、腰は曲がることもない。

「これは雛さんの調合した香りでしょう。彼女の……お店の方か」

「あたしたちは、雛の知り合いだ」

猿は与太郎の手を押さえ、前に立って答えた。

これほど蓮《はす》っ葉《ぱ》な物言いをする女を見たことがないのだろう。男は呆れたように猿を見る。

「雛さんの知り合いが、ここで何を？」

「友達だからな。あの子が本当に幸せになれるのか、お相手の顔を見に来た。うん、悪い目はしてない。あんたは良いやつだ……おい、与太郎」

不思議そうな顔をする男に構わず、猿は与太郎の腕を引く。

「与太郎、ほら見てみろ。こいつは悪い男じゃねえ。目が澄んでる。満足したろう、帰るぞ」

「あ……あなたは、あの子を幸せにできるか」

しかし与太郎は猿の言葉に答えず、男を見据えていた。

与太郎は動けなかった。男の顔は優しげだ。声も優しい……しかしこの男、動きに隙がない。

凶暴な男には見えないが、優しげに見えて悪い男は数多い。優しい顔で女を泣かせる男など、この世には山のようにいる。

男の横に雛の柔らかい姿が寄り添うのが幸せであるか、不幸せであるか、与太郎にはまだ分からなかった。

「あ、あの子を幸せにできると誓《ちか》うか」

「私が年寄りだから心配ですか」

「違う」

「私に悪い噂があるから心配ですか」

「そうだ」

男は笠を指で地面に落とす。あらわになった顔立ちは、相変わらず優しい。

しかし与太郎は震える足を一歩進めた。

「お前が悪い男なら、俺はここでお前を、こ、殺してしまう」

「……雛さんを案じてそこまで……」

「安心なさい……おい」

男は与太郎が前に出ても動じもせず、後ろにいる駕籠持ちに声をかけた。

「旦那様」

「いい、いい。見せてあげなさい」

駕籠を持つ老人は、しばし渋ったが、やがて諦めたように簾《す》をめくる。

中には噂の通り、黒漆の立派な箱が三つ載せられていた。いずれも小さく、そして軽い。

「……沈香《じんこう》、白檀《びゃくだん》を少し、桂皮《けいひ》に丁子《ちょうじ》に……全て、香りのもの」

男は手の上で、箱を開けて見せる。

その途端、甘い香りが与太郎の鼻を突いた。

「祝言の日、あの人の店から私の屋敷まで、香りの道を作ろうと思っているのです……嫁入りの輿に乗って向かってくる、その時に」

男は少しはにかんで、箱の中の物を優しく撫でる。

「知り合いの医者に頼んで調合を習っていたのですが、この年になると何でも難しい。恥ずかしながら、ようやくものになった」

「香りを……」

「少しずつ、香りのものを集めて運ばせています。見つかるとその……気恥ずかしいので」

「……盗人が、金を、賄賂を、見たと噂に聞いた」

「ああ」

そう尋ねれば、男はかかと笑う。

「盗人はいました。蔵の中で食べ物と勘違いして香木《こうぼく》を食らい、ひっくり返っていたところを、捕まえて飯を食わせてやりました」

男は香りを厳選したのだろう、いずれも甘い。雛の好む香りである。

香木は大切に布にくるまれ、まるで宝物のように守られている。

「私のような役は、人に恨みを買いやすい。いらぬ噂も多くある。それは止められない。あの人は……雛さんは、それを分かった上で、私を受け入れてくれた」

彼は香りの箱を片づけて、駕籠に先に行くようにと告げる。老人は渋るような様子を見せたが、やがて主を案ずるように緩やかに去っていく。

「ほれみろ、噂なんざ、こんなもんだ」

猿があきれ顔で呟いたが、同時に男の声がふと落ちた。

「このことは、くれぐれも内密に……しかし、それはともかくとして」

その静かな声は、これまでとは異なる。男の顔を見れば、深く闇が落ちていた。

彼の乾いた唇が、ゆっくりと開く。

「雛さんを案ずるあなたの気持ちはよく分かる。しかし、軽率だ。私どものような人間に、先ほどのような言葉を吐いてはいけない」

　ゆらゆらと、男の周囲に青い霧が立ち込めるのを与太郎は見た。それは菖蒲の吐く夜露かもしれない。

「私たちには……矜持《きょうじ》というものがある」

　男は腰の刀を一度、揺らした。

「その矜持、邪魔で仕方のないものですが、どうしても捨てきれない」

　……男の言葉に、与太郎は猿の腕を掴むと、一歩引く。

　男はまだ抜く気配はない。実際、抜くつもりなどないのかもしれない。

　しかし、無礼な口をきいた与太郎を、いかにすべきか悩んでいるのも事実だろう。

　右手はまだ動かないが、いつそれが抜かれるか分からない。

「猿さん……隠れて、俺の後ろに」

「おいおい、爺さん」

　猿を自分の背に隠そうとする……その与太郎の腕を猿があっさり叩き落とした。

　そして彼女はまさに猿のようにひょいっと抜け出して、与太郎の前で腕を広げたのである。

「何を突然短気になってやがる。ただの勘違いだ。誤解じゃねえか」

「猿さん！」

「こっちは気の荒い島帰りに花街育ちよ。口も悪けりゃお行儀《ぎょうぎ》だってよくねえ。それに雛はあたしたちの大切な知り合い、心配するのも当たり前だ。それを切った張ったで解決してりゃ、きりがねえ」

男はぽかんと、猿を見る。その男に向かって、猿は立て板に水を流すように言葉を吐き捨てた。

「あんたの腰にぶっ刺さってんのはよ、なるほど立派な刀だ。でもあたしも、自分の刃物ってのを持ってるのよ……庖丁ってんだけどよ」

にいっと笑って、猿は自分の腕を叩いた。

「刃物ってのは、誰かを守るためにある。あたしは皆の腹を膨らませるために刃物を使う。てめえの腰のもんは誰を守るためにある？　それを抜くのは本当に大事な時だけにしておきな……ああ、ここに良いものがあるじゃねえか」

そして猿は道の端の鉢に植えられている菖蒲を横目で見た。

長い、刀ほどもある立派な菖蒲の葉だ。それを彼女は遠慮なく引き抜くと、一本ずつ男と与太郎に渡す。

「こんなくだらねえ喧嘩、これで十分だ」

「ふむ、おかしな娘だが一理ある。ああ、それでは」

男は微笑むと、素直に猿から菖蒲を受け取る。

与太郎も一本渡される。それを掴んだ途端、体の熱がすっと冷めた。

「……参る」

どちらが呟いたか。

与太郎はふっと腰を落とした。体を大きく右に旋回し、男の左側に滑り出るや、腕を振り上げる。

片方しか見えない目だが、だからこそよく見えるのだ。

男は突然の与太郎の動きに一瞬出遅れたが、しかし慎重に体をそらし、与太郎の菖蒲を避ける。

彼が払った動きで、菖蒲が揺れて青い香りが散った。

菖蒲の葉が触れ合う。

刀と違って音もなければ火花も散らない。代わりに散るのは夜露だ、草の香りだ。

音もない、声もない。香りだけがある。

青い筋が闇に走り、まるで舞うように男の袴が揺れ、与太郎の破れた袖が地面を擦る。

「はは、なかなかに腕がいい」

男は好敵手を見つけたように笑い、飛び跳ねる。年の割に、俊敏な動きだった。与太郎は腰を落として菖蒲を握り、男の足を払い、腕を狙う。与太郎の菖蒲は男の菖蒲にかすったが、軽々よけられ、やがて腕を掴まれた。

……力強い腕に押さえられ、もう動けない。

「ふむ。冗談ではなく、いい腕を持っている。剣術を習っていたことは？　いや、武家に仕えていたのか？　ただの……島帰りの動きではない……美しい動きだ、お見事」

「……」

「いや……冗談ではなくこの体躯、ただの町人では……ましてや、ただの荒れ者ではあるまい」

男に掴まれた手がしびれ、菖蒲が地面に落ちた。

男は与太郎の顔をじっと見つめる。

「あなたは、雛さんに惚れているのか……いや、違うな」

男は、与太郎の潰れた目を見た。そして一歩下がって顔の全体を見つめてくる。

与太郎の顔は恐ろしい。しかし、どこか優しい色がある。

不思議と柔らかい空気を持っている……と、遊女たちはそう言って、与太郎をからかったものである。

「誰かに……似ているな」

その顔は誰かに似ていると、皆が口を揃えて不思議がった。

「……べ、別に誰にも似ちゃいない……」

正解を言い当てたものは、これまで誰一人としていない。

だが男は、はっと目を丸めた。

「雛さんの……家族……ああ、もしや……兄上ではないのか」

「ち、違う」

「いや、そうだ。兄上は確か富士の門前町で大店を開いていると……もう、三つの時から会っていないと雛さんが……」

与太郎はあわてて顔をひねり暗闇に隠す。しかし、男は手を離さない。

与太郎の背に、一気に汗が溢れ出した。

「いつか、富士のお山にお参りするのが雛さんの夢で……その時に会いに行くのだと……ああ、確か……雛さんの……昔の家は、武家の」

男が手を離すと、与太郎はまるで転がるように地面に崩れ落ちる。

地面に散る菖蒲を見て、心が痛んだ。

……かつて与太郎は、この葉と同じ形を持つ刀を握っていた。

まだ彼が本当の名前を名乗っていた頃、まだまだ幼い時代のことである。

しかしそんな幸せは、何年も続かなかった。

「雛さんの昔の家は……本当の父上は、どこかの藩《はん》に仕えられていたと……」

「父が仕えていた藩は、俺が十二の頃に取り潰されました」

与太郎は、息を整え呟く。

脳裏に、父の、母の……幼い妹の姿が浮かんだ。

その頃、穏やかな日々が与太郎の周りにあった。

勇ましい父、美しい母。立派な屋敷。そして剣術稽古《けいこ》に精を出す与太郎。

そんな与太郎が十歳を迎える頃、妹が生まれた。

玉のように美しい子だった。

しかし、妹が生まれてすぐの頃、父の仕える藩が潰され、主は罪を問われて自害を命じられた。

実際のところ、藩に落ち度はなかった。それでも容易《たやす》く潰された。そういう時代である。

父は藩主とともに死ぬことを選んだが、死にきれなかった。そして、父は罪に問われた。

この頃、殉死《じゅんし》は幕府によって厳しく禁じられていたのである。父はその軽率な動きのせいで評判を落とし、体を病んだ。どの藩も父を受け入れず、一家は叔父のいる江戸へと流れ、長屋暮らしとなった。

幸せは一転して闇となる。初めての長屋暮らしに、やがて父は体だけでなく心まで病んでしまった。

「……父は、不運を妹と母のせいだと」

妹が生まれてすぐの事件であった。だから母が悪い、妹が悪い。父はそう言って暴れた。

ただのこじつけだ。妹も母も藩の取り潰しに何の関係もない。それは父自身、分かっていたことだろう。しかし、そうするしかなかったのだ。

「目は、その時の傷か」

男は憐《あわ》れむように呟く。与太郎は、右目の傷を指で撫でながら小さく頷いた。

「父はその暮らしに耐えきれず、母を責め立て、俺の顔を……目が潰れるまで幾度も殴り、い……妹を」

与太郎の手が、震えた。胃液がせり上がり、嗚咽《おえつ》が漏れる。

その時の恐怖を、今でも与太郎は夢に見る。

……父は幼い妹の両目に、熱せられた火箸《ひばし》を押し当てたのである。

父が妹を殺すかもしれない……そんな予感はあった。だからこそ与太郎は毎日、妹を抱きしめて眠っていた。

当時、妹はようやく三歳。あどけないその口が、兄さま、兄さま、と言い、紅葉《もみじ》のような小さな手が与太郎の大きな手を握りしめてくるのが愛おしかった。

心労の末に死んだ母からは、必ず妹を守り、悔しくとも父に仕えよと言い含められていた。

与太郎自身も、死に行く母に「命にかえても妹を守る」と誓った。

だというのに、ある夜うっかりと妹から目を離してしまったのである。

ほんの短い間の出来事だった。

酒に酔った父は、妹をひどく罵り、そして彼女の目を傷付けた。

――妹の目が見えなくなったのは与太郎のせいだ。

誰がなんと言って慰めても、それだけは覆らない。過去が棘《とげ》のように与太郎を責め続ける。

「俺は」

火がついたように泣く妹、狂ったように笑う父。与太郎は何も考えられなかった。ただ目の前にあった、母の形見の小刀を無我夢中につかんでいた。

「……父親を殺した」

気がつけば、与太郎は血塗《ちまみ》れの姿で、町医者の門を叩いていた。

雨の日だった。返り血が点々と道に落ちていたことを覚えている。しかしそれよりも、腕の中で泣きわめく妹が心配であった。

この時、雨煙の向こう、遥か彼方に富士の山が見えた。

遠い富士が雨の日に見えるはずがない。だというのに、不思議とそそり立つ山が見えた気がしたのだ。

……与太郎は必死に山に祈った。

妹の命を救ってくれるのであれば、自分は処刑されても構わない。どうか、どうか、妹を救ってくれと。

「妹は目こそ見えなくなったが命は助かり、俺は……」

事情を知る長屋の人々は皆、幼い兄妹に同情的だった。ことが表に出る前に長屋一番の俊足が、隣町に住む叔父を連れてきた。

遅ればせながら事情を知った叔父は、血塗れの与太郎をきつく抱きしめ泣き崩れた。

「お、俺の叔父が……雛の、今の父親が」

男はじいっと、与太郎の顔を見つめている。猿の大きな手が、与太郎の背を支えている。

その温かな手に勇気付けられ、与太郎は言葉を続けた。

「急ぎ俺と妹を養子にしてくれて」

父殺しは重罪である。どのような事情があったとしてもまず、極刑は免れない。目上の者を殺すことも重罪である。

しかし叔父と長屋の人々の陳情により、与太郎は遠島《えんとう》の刑で済まされた。叔父の養子となったことで、あくまでも父殺しではないという形をとり、また役人も酌量《しゃくりょう》してくれたからこその仕置きである。皆には裏で随分と骨を折ってもらったと、あとで知った。

それから十数年の間、与太郎は島で暮らした。

戻ることができたのは、恩赦のおかげだ。本来なら江戸にも戻れないところを、店を大きくした叔父がどうにか手を回してくれたのである。

戻ってみれば、妹は叔父の店で光り輝く玉のように育てられていた。

「たのむ、たのむ、この通りだ。お願いだから、あの子には何も言わないでくれ」

与太郎は男の手を掴み、彼の前で地面に額を押し付ける。

「何を……顔を上げなさい。止めなさい、そのような……」

「……あの子は、俺のことも、俺が父を殺したことも、自分が父に傷付けられたことも、何も知らない。事件の時、まだ三つか、そこらだったんだ。父と母が死んで叔父に引き取られたと、そう信じてる。そして俺のことは……兄は別の店を任されていると……何も知らずに真っ白なままなんだ。何も言わないでくれ。俺は死んだことにするつもりだったんだ……いや、死ぬつもりだったんだ」

妹の姿を遠くから一目見て、与太郎は叔父に深々と頭を下げた。それは、江戸へ戻ってきた日のことである。

もう思い残しは何もない。そう言って去ろうとする与太郎の腕を、叔父は掴んだ。

死んではいけない。救われた命を無駄にしてはいけない。叔父は幾度もそう言い、気がつけば、古い馴染みも与太郎を囲んでいた。

死んではいけない。その言葉に、与太郎は生かされた。

「兄上は祝言に来られると、雛さんが」

「……行けない。行くつもりもない」

男の言葉に、与太郎は首を振る。よろよろと立ち上がり、壁に手をつく。

男は与太郎の体を力強く支えた。

「なぜだ。歓迎をする。身なりのことなら案ずるな、私がなんとかする。いや、それほどの腕を持つならぜひ当家に」

「だめだ。お、俺みたいなのが、兄だと知られると、よくない」

与太郎は腕を見る。そこにあるのは恐ろしい入れ墨だ。昔は柔らかだった顔つきも、島で鍛えられ恐ろしくなった。どこから見ても、堅気には見えない。

この姿、雛の目に映ることはないが、周囲は驚き噂をたてるに違いない。それは雛の真っ白な人生に薄墨《うすずみ》のような濁《にご》りを残す。それだけは避けなければならなかった。

「俺は二度と、兄と名乗らない。代わりに近くで見守る……帰った時、そう誓ったんだ」

与太郎は、妹に会わせようとする叔父の言葉を拒んだ。仕事の紹介さえ断った。

その代わり、店の近くにある花街で、彼女を見守ることにしたのである。そこならば、雛を側で見守れる。それだけで十分だった。

「……でももう、その仕事も終わりだ」

しかし、雛を守るものはもう、兄である与太郎ではない。

男の持つしっかりとした腕を、体を、揺るがない精神を与太郎は見る。そして思う。

……彼ならば、大丈夫だ。

どこかで、カンと木の鳴る音が聞こえた。その音を聞いた男は、はっと顔を上げる。

「いけない。木戸が閉まってしまう。閉まれば面倒だ。続きのことは、また話をしましょう。さ、早くお行きなさい」

「いや。もう会わない……こ、これを、あの子に」

急かす男の腕を止め、与太郎は懐におさめていた紙を引き出した。それは歌が描いた与太郎の絵である。

「これを守り袋に入れて、渡してくれ。兄さんからの守り袋だと。そして兄さんは遠くに……異国にでも旅に出たといってくれ」

「ああ……そっくりだ……名のある絵師か、これは見事な」

広げて、男は感心したようにいう。

裏に写る墨の絵を、与太郎は見た。まるで鍾馗のような姿で描かれている。

「俺の姿絵は、厄を祓う鍾馗にそっくりだそうだ。離れていても、その絵があの子を守る」

「分かった。必ず渡す。では代わりに」

男は懐に絵をしまい、小さな袋を取り出した。

美しい絹の袋だ。それは、振ってみればさわやかに甘い香りがする。

「もし祝言に兄上が来られたら、この香袋を渡すようにと……香りで兄であることが分かるからと」

男はそれを、そっと与太郎の手に載せるのである。

「……あなたには、これを受け取る権利がある」

男は落ちた笠をかぶると、地面の菖蒲を見つめて微笑んだ。

「兄上、また近いうちに」

その背はやはり、歪むことなくまっすぐに闇に消えた。

「なんでえ、良いやつじゃねえか」

猿は大声で笑うと、与太郎の背を幾度も叩く。

「おい、片目の……泣いてやがるのか。はは。ガキみてえだ」

片方しかない目が、まるで水に溺れたようだ。目の前が歪み、風景が揺れている。

両目があれば、ここまで濡れることもなかっただろうか……いや、両目があっても、きっと同じだっただろう。

「ほらよ、握り飯だ」

猿は笑って与太郎の手に大きな塊を載せる。

それはすっかりと冷めてしまった握り飯である。

噛みしめても涙の味しかしない。

だというのに、妙にうまかった。これまで口にしたどの握り飯よりも、うまかった。

「食ったら戻るぞ、またどやされるからな」

……どこかで、夜の鐘が静かに鳴った。


ここ数日は妙に晴れやかな日が続いていたが、祝言の前日、ついに雨が降った。

大粒の雨滴の垂れる屋根の下、ぼんやりと空を見上げる娘があった。

そこは普段、与太郎が寝起きしている小屋だ。娘は木戸までたどり着き、急な雨に降られたものらしい。

「お嬢さん」

与太郎はできるだけ低い声で、彼女に声をかけ、破れ傘を差しかけた。

彼女は……雛は突然の声に驚いたそぶりも見せず、笑顔で与太郎の居場所を探る。

「その声は門番さん？　ああ、よかった。たつみ屋さんに向かっていたのだけれど、急な雨で迷ってしまったかと思ったわ。ちゃんと大黒にたどり着いていたのね」

無邪気な顔である。だからこそ、きつく閉じられた目が哀れだった。傷跡は残らなかったが、目はもう見えない。その美しい目が開かれることは二度とない。

「今日は雨で曇っているからお山は見えないかしら?」

彼女は与太郎の傘を受け取り、微笑む。

「いつもはどこに富士のお山があるの?」

「……あちらだ」

与太郎は彼女の細い手をそっと掴み、山の方角に向けてやる。

温かい手である。幼い頃、ずっと抱きしめて眠った、守り続けた小さな命だ。

その小さな命が明日、嫁ぐのである。

妹が嫁ぐのである。

「あそこに兄さんがいるの」

祝言用にヤスが結った頭は清楚で美しい。化粧は明日、タケが行い、それを歌が絵にするのだと聞いた。

さぞや美しい花嫁になるだろう。

そんな雛が、嬉しげに口を開く。

「富士はね、兄さんが好きなお山なの。小さな頃、私がお山に登りたいと言ったら、いつか兄さんが連れて行ってやると言っていたって、父がそんな思い出話を……あら、門番さん、今日はお香を二つ持っていらっしゃる？　なにか、別の香りが、いま……」

「お嬢さん」

与太郎は、さっと身を引く。雨は与太郎の体を濡らしたが、寒くはない。むしろ清々しいほどの心地である。

「あいつは、いいやつだ。嫁いでも、幸せになれる。幸せになれ、絶対に」

雛、と叫びたい気持ちを抑えて与太郎は数歩下がった。

雛は何かに感づいたような顔で、腕を伸ばした。その手が掴んだのは、雨の滴だけである。

「それだけだ」

「待って……」

雛は傘を握りしめたまま叫ぶ。しかし与太郎はもう声もあげない。

「待って！　その香りは……」

叫ぶ雛に背を向けて、与太郎は駆け出す。

さらば。と心の中だけで呟いた。

翌日、祝言の日は驚くほど美しく晴れ上がった。

与太郎はぼんやりと木戸に背を預けて立つ。いつからか、猿もその隣で立っていた。

互いに無言である。

「猿さん、俺が逃げると思って見張ってるんだろう」

「そうさ。逃げてみな。木の棒でケツが腫れ上がるまでぶん殴るからな」

猿は恐ろしいことをさらりと言う。そのせいで、与太郎は動けない。

動けないまま、木戸を見つめている。

木戸を出れば、やがて大川に行き着く。大川には永代橋がかかり、その上を雛が乗った輿が行くのだ。

祝言は通常、夜に行われる。雛は日暮れの頃に輿に乗り、ゆったりと揺られながら男の待つ屋敷へ向かう。

日がゆっくりと傾き始めた今、嫁入り道具を載せた輿が忙しげに道を行く。

その道の向こう、今日は富士の山がくっきりと美しく見えていた。

「ちょいと猿」

「なんでえ婆」

背後から気の抜けた声が聞こえた。振り返れば、遣手が盆を持って立っている。

彼女は後れ毛を指に絡ませながら、気怠げに唇を尖らせる。

「相変わらず口の悪い娘だよ……ああ、与太郎もそこにいるね。ちょいと相談なんだが、船遊びのついでに大川の上から祝言を見送るのはどうだい」

「婆のくせに、たまには良いこと言うじゃねえか」

「柏餅《かしわもち》をさ」

婆と言われてもこの女は動じもしない。むしろ隣に立つ与太郎のほうが焦る始末だった。

彼女は手にした巨大な盆を猿と与太郎に見せつける。

「雛さんの店から頂いたんだよ。ほれ、ヤスとタケと歌さんがさ、色々手を加えたろう。最初は金だの反物だのをよこそうとするから、そんな水くさい、よしとくれって言ったらさ」

「ちょうど節句か。いい柏餅じゃねえか」

「ああ。代わりにこんなに柏餅をねえ。あちこちに配り歩いたが、まだまだ余っててて」

わ、と後ろで娘たちの歓声が響いた。たつみ屋の娘だけでなく、遊女たちがあちこちの見世から顔を出してころころと笑っているのである。

「船遊び？　ねえねえ母さん、あたしたちも混じっていいのかしら」

「あら、あたしも行きたい」

外に出るのが好きな娘たちが船遊びを聞きつけたのだろう。

すでに客を取っている娘たちは動けまいが、まだ客を持たない娘たちは暇つぶしに好都合、と化粧に余念がない。

冷やかし客は天女《てんにょ》様の船遊びよと、面白がって指をさす。

あっという間に船の用意が調《ととの》えられて、気がつけば与太郎もその腕を引かれていた。

「いや、いいよ、俺は……俺は門番を……」

「鍾馗様が何を言ってござる。ほらほら、てめえの一睨みで悪いものを祓ってやれよ」

ヤスも、タケも、歌さえも気がつけば船の上だ。揺れる小さな屋形船に足を運ぶとぐらりと揺れて、女たちが楽しげな悲鳴をあげた。

ちゃぷちゃぷと、水が跳ねて夕日の色に滲《にじ》む。

（船は……）

与太郎は船のヘリを掴んで俯き、青白い顔を隠す。

船は島送りになった時と江戸に戻る時、二度乗せられた。揺れる感覚に、嫌な記憶が蘇る。

（船は、嫌だ）

しかし、そんな与太郎の背を猿が強く叩く。遊女たちが酔って戯れ声をあげ、楽しくて仕方がないように与太郎に寄り掛かる。

そのたびに、記憶から嫌な思い出が弾き落とされた。

「重い重い。鍾馗様は重い重い。船が揺れる、揺れる。ああ、おかしい」

先に乗り込んでいた歌が、珍しくもはしゃぎ声をあげる。猿もご機嫌なのか、豪快な笑い声をあげていた。

「酒もある。天気もいい。夕暮れだが、夕刻から夜にかけてがあたしたちの時間帯。なんでえ、良い日よりじゃねえか」

船の先には歌がいて、猿はその横に立っている。歌は筆を舐め、真っ白な紙を床に敷き詰めていた。与太郎は、遊女たちから逃げるようにそちらへと向かった。

「祝言の輿がくれば教えておくれ。あたしはそれを描こうねえ。長い……そうだ、たぐれるように長い絵に仕上げても……」

「おい歌。絵を描くその前に一個でも柏餅を食いやがれ……おっと与太郎も来たか。ここはいいぞ、特等席だ。ほら、柏餅も」

猿は数個の柏餅をぞんざいに掴むと与太郎の手に押しつける。

与太郎がおそるおそる口をつけると、それは柔らかく、草の香りがした。その香りは、先日の菖蒲の葉を思い出させる。

嫌な記憶が、思い出が水の中に溶けて流れていくようだ。

ここには、綺麗な夕日と綺麗な水。それしかない。

俯きがちだった与太郎の顔が、やがてまっすぐ上がる。

……それから、どれくらいの時間が経っただろうか。

陽の光が柔らかくなり、朱くなり、紺の色に染まった。

青い空が筆でなぞり上げたように、少しずつ色を変えていく。

淡い夕日が差し込む頃、橋の上で鈴が鳴った。その音に合わせて、船の上から三味線が鳴る。

「ああ、祝言の輿が行く」

三味線を持った娘が呟いた。

彼女の言う通り、大きく美しく彩られた輿が一台、静かに橋を進んでいた。

橋の上の人々は、輿にゆっくり道を譲る。

まるで神話か御伽草子《おとぎぞうし》のようだった。

ゆっくりと、ゆっくりと、進む輿。

「ああ、綺麗なお輿。あの中にはきっと綺麗な花嫁」

羨ましいのか、それとも嬉しいのか、悲しいのか、その遊女の声からは分からない。

ただ、しゃん、と三味線が鳴いた。

「見て見て、見事に反物がたなびいてる」

輿の上には、布が揺れていた。いくつもの布を結び付けているのである。

それは風を受けて長く長く揺れている。赤に、黄色に、青に白。

輿の中までは見えないが、その布だけが別れを惜しむように揺れていた。

「なんだ、まるで吹き流しと鯉のぼりみてえじゃねえか」

猿が感心したように言う。

確かにそれは鯉のぼりのように風を受けて揺れていた。

そして橋の上には香木が焚かれ、船の上からでも香りが分かる。

「ああ、香りもすばらしい」

遣手がうっとりと呟く通り、周囲は甘い……甘い香りに包まれている。あの男が調合した、雛のためだけの香りである。

甘く、柔らかい香りで彩られた道がそこにある。

「おや。雛が顔を出すよ」

皆がしんみりと見つめるその目の先で、輿が揺れ、ゆっくりと簾があがる。

中から顔を覗かせたのは、美しく化粧を施され、玉のように輝く雛の顔だった。

閉じた目元が桃のように明るい。

「……」

彼女はしばらく輿から身を乗り出して耳を澄ませ、やがて川の方角に顔を向けた。

「雛、ここだ!」

猿が叫ぶと、彼女は嬉しそうに大きく手を振る。

落ちやしないかとはらはらする与太郎をよそに、雛は振り上げた腕で遠くを指した。

……富士の山だ。

「……」

雛の口がぱくぱくと、動く。しかし、川の音と三味線の音がうるさく彼女の声は船に届かない。

ただ幾度も幾度も、繰り返し彼女の口は同じ言葉を刻んだ。

与太郎はその手から、柏餅をころりと落とす。

腕に力が入らない。膝が震えて、まっすぐ立つことも難しい。

「ん？　今、雛はなんて言ったんだ？」

ヤスが不思議そうに首を傾げるが、与太郎には聞こえないはずのその言葉が聞こえていた。

「よし、おい婆。このまま船で追いかけよう」

猿は思い立ったように背後を振り返り叫ぶ。

「なに、こんなとろい船でもさ、急げば祝言には間に合うぜ。おおい船頭、急げ、急げ、祝言に乗り込むぞ」

遠くにきらめく富士の山は夕闇の中に立っている。

それでも、まだくっきりとその姿が見える。まるで与太郎を優しく見つめているようだ。

いつものように、与太郎は必死に手を合わせ、富士に祈る。

妹の幸せを……江戸でも島でも、与太郎はそれだけを祈り続けてきた。

「……」

雛は、まだ同じ言葉を叫び続けている。

……にいさんと、その口は刻んでいるのだ。

猿は与太郎の背を強く叩いた。

「兄さんよ、さあ行くぜ」

片目から流れ落ちる涙の粒は、いつか落とした悲しみの涙ではない。痛みの涙でも、別離の涙でもない。

それは彼が初めて流す、幸せの涙であった。

水粥《みずがゆ》、茄子《なす》と胡瓜《きゅうり》の浅漬《あさづ》け

遠い空の向こうより、夏の嵐が来るのだと誰かが言った。

なるほど西の空はどんよりと重苦しく、生ぬるい風が頬を打つ。

せっかく咲いた青い朝顔が、風に負けて地面に伸びる。

舞い上がる砂煙に、街は途端に忙しくなる。

「歌さんよ、一つ絵描き勝負といこうじゃねえか」

タケがそう叫んで、たつみ屋に飛び込んだのは、そんな昼下がりのことである。

「暑苦しいねえ、ただでさえ、むっと蒸し暑い日なのに。何だい、やぶからぼうに」

タケの大声に気がついた遣手が、見世の玄関から顔を出して眉根を寄せる。

彼女の腕には、厚い木の板が抱えられていた。

淡い昼の日差しが、その腕に差し込んでいる。しかし、眩しいほどではない。厚い雲の隙間から、ようやく漏れる程度の日差しである。

毎年この季節を狙うように、嵐が訪れる。嵐は誰かの嘆きの声だ、とタケは聞いたことがあった。

そして夏になるたびに、その言葉を思い出す。

「こちとら、工事仕事で手一杯だってのに」

遣手はぶつくさと、面倒くさそうに文句を言った。

嵐は宵《よい》のうちにも到達し、ひどく荒れるという噂だ。

遣手は補強のために走り回っているのか、からげた裾から見える足は汗にまみれている。

しかし、汗まみれで働くのは、なにも彼女だけではない。

数年前のひどい嵐の時には、屋根が吹き飛んだ建物もあった。だからこそ、今日はどこも見世をしまいにして、朝からずっと補強に忙しい。

ここ大黒は、妓楼や茶屋が軒《のき》を並べる小さな花街である。互いに手を取り合い、今は街全体を補強しているところだった。

数日前、せっかく飾った七夕の笹飾りは風に煽られ、青菜に塩の姿だ。客や遊女の書いた卑猥《ひわい》な川柳《せんりゅう》の短冊も、宙に舞ってひらひら空へと昇っていく。

色鮮やかなそれを見上げて、タケは眩しそうに目を細めた。

「いや、どうせ今日はこんな状態だ。俺の仕事もねえからさ、歌さんを遊びに誘いにきたのさ」

「およしよ、今夜にも嵐が来るって話だよ。雲も風も怪しいもんさ」

遣手は呆れたように周囲を指す。

周囲を見れば、遊女たちも薄手の浴衣なぞに着替えて走り回っていた。日頃は男羽織に三味線を抱え、男勝りを売りにする娘たちだ。

彼女たちなら額に汗し、白魚《しらうお》のような手に板を持つことくらい厭《いと》わない。

娘たちは井戸に蓋をして、干した着物を中に取り込み、壊れそうな場所を補強するのに走り回っている。

「おい、タケ。遊んでる暇があるなら、お前も屋根に上がってきて手伝えっ」

髪結いのヤスが屋根の上から叫んだ。

普段は女の柔髪を結って回る色男だが、今は汗まみれになって屋根の補強をしている。むき出しになった足は鍛えられており、下から見上げる女たちが楽しそうに世辞を飛ばしていた。

それにいちいち照れたような顔を見せるのがいかにもわざとらしく、タケはむず痒くなる。

「やっぱり色男様は違うな。そこに俺まで乗ったら、屋根に穴が開いちまう」

タケはヤスを睨んで舌を出す。

……タケもまた、ヤスと同じく通いの髪結いだ。ただしタケの得意は女の化粧である。

花街の女は皆、自分で顔を彩る。

しかしタケが戯《たわむ》れに化粧筆を持ってみたところ、本職であるはずの髪結いよりも調子が良かった。色の置き方に色気があると、花街の女の間で話題になったのだ。

それ以来、髪結いよりも化粧のためにタケはよく呼ばれる。

しかしこのように、見世が開かない日にはタケの出番はなかった。

「すまねえが、俺はヤスほど体力がねえんだ。化粧筆より重いものは持てなくてよ」

「あれ。どこぞの絵師先生と同じことを言いやがる」

遣手はけたけたと笑い、額に浮かんだ汗を手ぬぐいで拭う。

「今日はその先生に用があってね。今日もお休みかい」

腕にまで浮かんだ汗を袖で拭い落としながらタケは続けた。

「絵の勝負をしようと思ってよ」

「まだあんた、飽きないのかい」

遺手はため息を漏らし、タケを睨んだ。

「あんたの絵も別に下手じゃないさ。でも歌さんに敵うわけないだろう、あっちは本職だよ」

風が強く吹き付けて、小石がタケの足を叩く。

遺手は周囲を憚《はばか》るようにそっとタケに耳打ちをした。

「……でもさ、本当に絵を本職にしたいのならどこかに弟子入りをおしよ。工房を構えている絵描きもいるっていうじゃないか。あたしにだってツテはある。聞いてみても……」

と、その時、雨が一粒、タケの頬を殴った。

嵐は予想より、少し早く来たようだ。

「今更、絵師なんぞ目指すかよ。それは小せえ頃の夢の話だ。今は、深川の化粧師。それで充分満足してる」

……タケが絵師を目指したのは、ほんの幼い時代の頃だ。しかし堅い家に生まれたせいで、そのような生き方は許されなかった。

師につくことも許されず、だからタケは両親に隠れて絵を描いた。

やがて我慢ができず親も故郷も捨てて田舎を飛び出した。だというのに、絵師にもなれず今や花街の女の顔に色を付けているなど、皮肉な生き様である。

「本物の絵師に出会うなんざ、滅多にねえからな。あくまでも趣味の上で、教えを請《こ》うているのさ」

……タケが歌の噂を聞いたのは二年ほど前。寂れた花街に有名な絵師様が暮らしているという。

噂を聞いた時、さぞ脂ぎった男が住み着いているのだろうと思ったものだ。だからこそ、実際に彼の顔を見てタケは驚いた。

歌と呼ばれるその男は、まるで女のように線の細い色白の、狐に似た雰囲気の顔の男だったのである。

「どうせ歌さん、暇な体だろう?」

タケは雨に濡れた壁に筆を押し当てる。引き下ろすと、壁に水の筋がついた。

こんな水の筋でさえ、歌が描けば妙に色っぽくなる。

どう違うのか、じっと見比べても分からない。そのことが、悔しく歯がゆい。

「でもね、歌さんは、最近はどうも夏ばてで」

「いっそ、外に出るほうが気分が晴れるやもしれないねえ……」

遣手がため息をついた直後、背後からまるで亡霊のように、一人の男がぬっと顔を出した。

「……！　やだよ、驚かさないでおくれ」

遣手がわざとらしく飛び上がって胸を押さえる。

振り返った先には、歌が立っていた。

まるで雪のように白い肌だ。黒い目は墨で描いたがごとくしゅっと伸び、白い顔に陰影を落としていた。

肩などは折れそうに細く、背が高いせいか嵐の風に吹き飛ぶ柳のような儚さである。

……それが、今、江戸一番の描き手と騒がれている男の姿だった。

実際、夏ばてなのだろう。襟からみえる胸元は普段よりも薄く青い。目の下にも灰色のクマが浮かんでいる。

まるで幽霊のようにふらふらと歩く歌は、風によろけながらタケを見上げた。

「タケさん、じゃあ一緒に絵でも描きに出るかい？」

「……なあ歌さんよ。いい場所がある。橋を越えた先、こんにゃく島の街外れの、古びた妾宅《しょうたく》だよ」

タケは歌の肩を抱いて、にやりと笑う。

風がまた強く吹き付けたせいで、遣手も女もよそに気を取られている。

「公家《くげ》だったか武家だったか……そんな男の妾宅さ。立場もある男が、ある日、遊女に夢中になって子を孕ませた。しかしそいつはできた男でさ、すぐに女を身請けし妾宅を与えて娘を産ませた」

タケは頭の中で邸宅の影を思い浮かべる。今朝、散歩がてらに足を延ばして覗き見てきたのである。

嵐の風に揺らされて、屋敷がぎちぎちと音をたてていた。人の気配はなく、壊れた壁から中を覗くとぼうぼうとした草ばかりが見えた。

やせ細った野犬が一匹、よろよろと歩くだけの寂しい場所である。

この家が廃屋となってどれくらい経つのか。

放っておかれた恨みのようなものが、建物から湧き出している。

恨みは呪いとなって、まっすぐタケに刺さるような気がした。

「せっかく身請けされたが、母親は若いうちに亡くなった。残された娘が一人で暮らしていたが、その娘も数年前の流行病で……」

タケが幽霊屋敷の噂を聞いたのは数ヶ月も前のこと。

どこかの遊女が、笑いながらタケに話をしたのである。

よく考えれば楽しい話ではない。ただの遊女の黒い嫉妬だ。ざまあみろと、そういう黒い感情が声の端々に浮かんでいた。

どうせお武家の妾に納まっても、儚く散るのだ。遊女の嫉妬は自虐《じぎゃく》に満ちて、下手な怪談より恐ろしかった。

「可哀想な話だねえ……」

歌は目元に陰影を滲ませて呟く。しかし感情は伴っていない。歌も所詮は、花街の人間だ。

「女も娘も仏様になっちまったんだから、気持ちよく葬式でも出してやればいいものを、男の本妻の悋気《りんき》が強く、当てつけみてえに葬式も出さずに無縁仏だとよ、女の悋気は怖えもんだ……いや、男が情けねえ。一度でも愛し可愛しと抱いた女と、その挙句にできた娘をよ」

「なんで家だけは残してあるんだい」

「……本妻が、意地でも別宅は残すってよ。また別の女を囲う時に、新しい家を借りられちゃかないませんから……」

女の声真似をしてみせると、歌は興味が出たのか、その目の奥に光が浮かんだ。

「じゃあ、それが今は幽霊屋敷に？」

「ああ。どうにもそれ以来、女の幽霊が出るってな、本妻はもちろん男も近づきやしねえ。薄情《はくじょう》なもんだ」

「……で、あたしにどうしてほしいんだい」

歌の目が笑う。

「歌さんは女の絵はうまいもんだが、幽霊の絵は描いたことがないだろう」

強い風にゆさぶられ、タケは笑う。幽霊屋敷に向かうには、うってつけの天気だった。

「描き慣れた絵で勝負するのは、俺が不利だ。そこで幽霊絵よ」

「絵勝負かい。タケさんも好きだねえ」

タケがこの絵師に、絵で挑み続けてもう数ヶ月経つ。

別に本気の勝負ではない。

何となく、手習いの気持ちで挑んだところ、意外にも歌が稽古を付けてくれたのである。

どうせ優男の描く絵だと思っていたが、想像よりも悪くはない。悔しいが一つも敵わない。意地が自棄《やけ》になり、自棄が癖になった。

それからというもの、時折こうして彼に無理矢理勝負を挑む。

「趣味が悪いねえ……でも、楽しそうではある」

歌の手が、タケの持つ絵筆を握る。

「ちょっと足をのばしてみようか……」

「あっ歌、てめえ」

……その瞬間、タケは背後から誰かに思い切り殴られた。

「飯も食わず、こんな日に外をほっつき歩こうったあ、良い度胸じゃねえか」

驚いて振り返れば、丸木のような黒い腕が見える。同じく黒い顔に、力強く太い足もだ。

黒い目玉を仁王様のようにかっ開き、それは叫ぶ。

「歌、甘酒を買ってきたからせめて、これだけでも飲めっ」

「てめえ猿、なんだって俺を殴るんだ」

タケは怒鳴った。

目の前に立っていたのは、猿である。

彼女の本名を、タケは知らない。

ただ、気がつくと皆が揃って彼女を猿と呼んでいた。

色が黒く髪はほつれ、化粧なぞ意地でもしない。紅もささない眉も整えない。裾をからげて走り回っても気にすることもない。

まるで野生の猿だと、そう言うのである。

「今にもぶっ倒れそうな歌を殴れるかよ。てめえが代わりに殴られておけ」

猿は鼻を鳴らしてタケを見上げる。

猿が過保護に守るこの絵師は虚弱で好き嫌いが多く、そもそも食に興味を示さない。

放っておけば何日でも飯を食わない。

当然、季節の変わり目や嵐の日にもめっぽう弱い。

そんな歌の面倒を、猿が一手に見ているのだ。

その太い腕からどんな奇跡が生まれるものか、彼女の作る飯は不思議と旨い。

「……甘酒ねえ。本当の酒がいいのだけど」

「頭っからぶっかけてほしいか？」

どろりとした白い液体を茶碗に注がれ、歌は悲しそうに呟く。上品に一口飲み込むも、彼は小さくため息をついた。

「だめだ、これ、棒手振りから買ってきたろう。猿の作ったものじゃなきゃ、あたしは飲めない」

歌は子供のように駄々《だだ》をこねて猿の顔をじっと見つめる。

「言ったろ。あたしは猿の作ったものじゃなきゃ口にしない」

猿は眉根を寄せ、深々とため息をつく。何かを言いかけ、諦めたように歌の肩をこづいた。

「待ってろ。何か精のつくものを作ってやる……ああ、また買い出しに出ねぇと……くっそ、こんな天気だってのによ」

猿が嵐の中を駆け出していく……が、駆け足のまま振り返って二人を睨んだ。

「てめえ、そこから動くんじゃねえぞ」

「ああ、猿。あたしの部屋に拾ってきた猫の子がいるからね、チビにも何か食べさせておくれ」

「またてめえ、猫を拾ってきたのか……分かった。だから絶対に動くなよ」

その黒い背がすっかり消えるまでじっと待ち、そして歌はタケを見上げた。

「じゃあタケさん」

「お？」

「鬼がこっちを向いてないうちに」

歌は珍しく悪い顔をして笑っていた。

「話が分かるじゃねえか先生」

嵐の音は刻一刻とひどくなる。

音に驚いて女も男も大騒ぎだ。その合間に、二人の影はそっと深川の地を抜けた。

強い風に顔を背けながら歩く橋の上。それを越えれば、こんにゃく島と呼ばれる埋立地である。埋立地のため地面は軟らかく、そんな名前がつけられた。

ここもかつては花街があったようだが、その名残《なごり》も今はもう薄い。

川の側から遠ざかると、湿気は少しましとなった。しかし代わりに、風と雨のあたりが強い。

ぐねぐねと道を曲がり、坂を下り、やがて辿り着いたのは一軒の邸宅の前。

（壊れていてもいやに立派だな）

灰色の空の下、しん、と建つその小さな家をタケは見上げる。

それは崩れそうな板塀に囲まれた瀟洒《しょうしゃ》な一軒家である。周囲には家もなく、雑木林の隙間にぽつんと一つ建っている。一見すれば庵《いおり》か院のような趣《おもむき》のある風貌《ふうぼう》で、高い塀の向こう側に板の屋根がうっすらと見える。

囲い者を外から見えぬよう作られた板塀だろうが、却《かえ》って名のある俳人《はいじん》が暮らしているような雰囲気もあった。

しっかりと家を覆う塀だが、その真ん中に裂けたような穴があることをタケは確認していた。

「こいつは、思ったより早くに嵐が来そうだな。こうなったら、この家にお邪魔して……嵐が去るまで外に出ねえほうがいい。幸いこの家は立派そうだからな」

風に叩きつけられながら、タケは大きな声をあげる。

風の音がひどく、小声ではなにも聞こえないのだ。雨は大したことはないが、風ばかりが強い。

歌の髪もすっかりと風で乱れている。解けた髪のせいで、彼自身がまるで幽霊画のようだった。

「ここをくぐっていくのさ。はは。遊郭住まいの歌さんにゃ、ちょっとばかし刺激が強すぎるかね」

タケは板と板の間にできた、ささくれた穴を軽々通り抜けて笑ってみせる。

くぐり抜けると、小さな家の玄関が見えた。式台と呼ばれる玄関先の段差の向こうに、薄暗い障子がある。その先に、二間ばかりの部屋があるようだ。

タケは穴の向こうにいる歌に向かって、怒鳴る。

「まあ、先生はそこで待っててな。今、中から板を崩してやるから」

「……あたしも昔は野生児でね」

しかし歌といえば、何でもないように穴をくぐった。筆より重いものなど持ったことともない顔をしているくせに、平然としたものだ。

タケは呆気にとられながらも玄関を土足で踏み上がり、中を覗く。

「くっそ、蜘蛛《くも》の巣だ」

水墨画の描かれた襖を開けると、想像通り小さな部屋が二間ばかりあった。

入り口は荒れていたが中は案外、整っている。泥棒でも入っているかと危惧《きぐ》したが、そんな心配もなかった。

壁際に置かれた汚れた鏡台と袋をかぶったままの三味線だけが、この家のかつての持ち主を偲《しの》ばせる。

奥の間、青く見える畳の色が不憫《ふびん》である。

空気には、かすかだが線香の香りが残っていた。

「まあ……中は綺麗なもんだ」

歌は襖からもう一つの部屋を覗いて、呟く。廊下の途中には、小さな中庭もあった。

綺麗な焼き物の器が、雨水をたたえてまだそこにある。

昔は金魚でも飼っていたのかもしれない。

（女は……京の島原出身といったか……）

タケはぼんやりと集めた情報を思い出す。男はここで、京都の花街の女を囲ったのだ。室内を京風のしつらえにしたのは、男の優しさだろう。控えめだが凝った内装だ。昨今は奢侈《しゃし》な家にはすぐに役人が飛んできて差し押さえてしまう。お目こぼしされていたということは、やはり男は噂の通り公家か武家の人間なのだ。優しく育ちのいい男。しかしその優しさが仇《あだ》となり、妻に頭が上がらず結果的に女と娘を不幸にした。

重苦しい気持ちを振り払い、タケは自身の頬を軽く叩く。薄暗い室内は、先ほどから風でガタガタと激しい音を立てている。雨も風も本格的になりつつあった。

「雨戸は開けねえほうがいいな……待ってろ。今、明かりをつける」

タケは用意していた赤い蝋燭《ろうそく》に灯をともす。薄暗い部屋に二人の影が揺れた。

「タケさん。古くは嵐のことをね、野分《のわけ》……と風流に言ったものさ。こういう風は悪戯《いたずら》に人の心をかき乱す」

歌は畳に腰を下ろすと、懐から筆と墨の入った矢立《やた》て、それに紙を取り出す。

……家の中は、外よりじっとりと蒸し暑い。

蝋燭の明かりを前に二人向かい合うだけで、額にうっすらと汗が浮かんだ。

歌は紙を広げ、筆を慣らし、いつものように絵の支度を始める。

彼ははしゃぎもしなければ怖がりもしない。

ただ、淡々と言葉を続ける。

「古い物語でも野分はいろいろなものを見せてくれる……美しい女の姿も、幽霊も、なんでもだ。嵐で垣間見えるものは魅力的だが恐ろしいね」

かたり、と雨戸が揺れる。嵐のせいと分かっていても、心がすっと冷えた。

部屋はあまりに薄暗い。まだ夜は遠いはずなのに、ここだけが夜の静寂《せいじゃく》に染まってしまったようだ。見えるものといえば壁に映る二人の影だけである。

しかし歌は薄い唇で笑って、蝋燭を筆の先で撫でるのだ。

「おや赤い蝋燭なぞ色っぽい。女の香りがしそうだ」

「歌さん、風流なことだな」

「ところでタケさん」

音をたて、歌は畳の上に紙を広げた。

真っ白な紙に歌の影が揺れる。

そこに彼が墨を一粒、落とした。

「……タケさんの良い人は、流行病で死んだのかい」

何気ない調子だ。責める声でもなければ、怒る声でもない。

だからこそ、タケの心に突き刺さる。

「描いてあげよう。どんな顔だい、言ってご覧」

タケが息を呑むのも構わず、歌は続ける。

「あたしに描いてほしいんだろう。だからこんな誰もいないところに呼び出した」

ちらりと、歌は細い目でタケを見上げる。

「そもそもタケさんは、幽霊なんざ信じちゃいない。いないと、そう信じ込んでいる。そんな人が、幽霊を描こうなどと言うはずがない」

歌の薄い唇が、意地悪く微笑んでいる。

「あたしに聞いてほしいことがあるんだろう？」

「……てめえが裏で嫌われてる理由がよく分かったよ」

「因果な商売でね、人の気持ちはすぐに分かる」

歌の目が、じっとタケを見た。腹の底まで掻き出すような視線だ。

絵を描く人間の癖なのか、歌は時折こんな目をすることがあった。

「……別に、好いた女じゃねえ。親の決めた女だ。顔も数回しか見ちゃいねえ」

タケは諦めて、天井を見上げた。

白木の凝った天井である。綺麗な家だ。まだ新しい。

ここを建てた男はきっと、日陰ものの女と娘を喜ばせようと思っていたはずだ。

しかし女も娘もあっさり死んだ。男はこの家も思い出と一緒に葬《ほうむ》りたかっただろう。

しかし本妻の悋気で過去の思い出だけが残された。

「……俺は地方の生まれでね。親の家業を継ぐはずだったのを、全て捨てて江戸に逃げてきたのさ。どうしても絵描きになりたくてよ」

タケの過去の思い出は、遠い田舎に放ってきた。

密かに絵の練習を積んだタケは、職人である父の跡を継がず江戸に逃げたのだ。

家だけではない。親が勝手に決めた縁談相手の娘も捨ててきた。

親がタケの全てを決めようとしている。それに反発したのは若さ故だろう。

全て捨てて逃げ出すと決意した日、タケは縁談相手だけにそれを伝えた。

祝言を挙げる前だった。タケの仕事がものになれば祝言を、と親同士が定めただけの関係である。

だから娘はまだ清い体だ。

親への罪悪感はないが、未婚のまま男に捨てられる娘の立場には胸が痛んだ。

タケは娘に、自分を忘れてどこかへ嫁げとそう言った。しかし、娘はきかなかった。

田舎娘らしくあか抜けなかったが、愛嬌だけはある子だった。

小さな目に涙をいっぱい浮かべてタケの手を取り、きっと迎えに来てほしい、ずっと待っている、などと言ったのだ。

たった数回しか顔を合わせていないタケに、妙な義理立てをする娘であった。

「……仕方ねえから、絵描きになったら、いの一番で描いてやると誓ったが」

あんな娘、タケは好きでも何でもなかった。数回しか顔合わせをしていないのだ。好きになる間もない。

絵描きを目指していたタケにとっては、ただの足かせである。

しかし彼女は素直な良い娘であった。江戸に出て絵を学んでいる間も、時折娘のことが思い出された。

無事にやっているだろうか、いやもう片付いただろう。子など作り、タケとの約束も忘れているに違いない。そう思い込もうとした。

しかし。

「……四年前に流行病でぽっくりだ」

死んだのは、嵐の夜だったと、幼友達からの手紙に書いてあった。それは薄情なタケを責めるような手紙だった。

タケを待ち、見合いを断り続けていたのだと、そう書いてあった。

あんな娘、好きでも何でもない……しかし、絵描きになれば一番に絵を描いてやると、約束した娘である。

「墓参りでもしてやったのかい」

「親とは絶縁だ。村に戻れるかよ。墓参りどころか線香だってやれてねえ」

タケは奥歯を噛みしめる。

娘の訃報《ふほう》を聞いたタケは、その日のうちに絵筆を捨てた。そして花街に流れ、やくざものの髪結いに頭を下げて弟子入りした。

師匠は酒毒《しゅどく》ですぐに亡くなったが、手に職だけはつけてもらえた。それからタケは髪結師となり、おかげで何とか飢えずに済んでいる。

「……結局、俺は絵師にもなれねえ、髪結いも下手だ。花街で女の顔に絵を描いてる」

雨戸が激しく音をたてた。風がまた強くなったのだろう。気がつけば夕暮れも過ぎたのか、闇が一段と濃くなっている。

「……別に、ずっと思い出すわけじゃねえ。ただ命日が近づくと毎年じわじわと思い出すのさ。こんな嵐の来る時はずっとな。昨年も、その前も、思い出して、思い出して、眠れやしなかった」

風と雨粒の音だけが、闇の中で響いている。

「歌さんよ、少なくとも、俺の知り合いの中じゃあ、てめえの絵が一番うめえな」

絵師にはなれなかった。娘との約束は一生果たせないだろう。

だが、娘の顔を歌に伝えれば、絵だけは描いてもらえる。

今年、娘の命日が近づいて来た頃にタケは思ったのだ。

歌にせめて供養《くよう》の一筆を描いてもらおうと。

そう思うようになったのはここ最近、歌の雰囲気が柔らかくなったためである。昨年までの歌は、どこか幽鬼をまとったような雰囲気だった。

しかしここ数ヶ月……正確には、猿を拾った頃から歌の雰囲気は優しくなった。これは花街の女たち、皆が口を揃えて言うことだ。おかげで大黒全体の空気が丸くなった。

今ならば、無茶も頼める……そう考え始めたのは、夏が始まる前の頃。

しかし知り合いの多い大黒で頼むのは具合が悪い。なんとか歌を連れ出す機会を狙っていたのだ。

そんな折りに、この家の噂を聞いた。

「確かに、幽霊なんざ信じちゃいねえ。ただ、ここなら人も来ねえ。ゆっくり描いてもらえるだろう。なあ、たった一枚きりでいいから、供養と思って描いてみちゃくれねえだろうか」

「……そうかい。そういう理由なら、絵でもなんでもどこでだって描いてあげたのに……タケさんは幽霊を信じちゃいないから、こんな恐ろしいことができるんだねえ」

畳の上にごろりと寝転がり、歌は笑う。

「曰く付きの場所で描かせるっていうのは、趣向を凝らしすぎじゃないか」

「まさか幽霊なんざ信じているのか。花街に暮らして女の絵ばっかり描くてめえがよ」

「……あたしの師匠は物の怪《もののけ》の名手でね」

ぽつり、と歌が呟いた。

彼が自身の過去について語るのは珍しい。タケは黙って続きを促した。

「随分小さな頃に弟子入りし……」

畳には線香の香りが強く残っているようだ。

ここで、娘か母の遊女が死んだのかもしれない。しかし顔色一つ変えず、歌はゆるゆると矢立ての墨を筆に吸わせる。

「師について長く絵を学んだが……」

そして彼は白い紙にさらさらと、筆を滑らせた。

「お前の描く物の怪は真に迫りすぎているから、もう二度と描くな……と、そう止められて……」

その白い紙を覗き見て、タケはぞっと背を震わせる。

そこに描かれていたのは、顔のただれた女の絵だ。

おろした髪が女の目元を隠している……が、それでも分かるのだ。

……この絵の女は恨みのこもった目を、こちらに向けている。

「それからは言いつけの通り、幽霊を描くのを止めていた。そんなあたしに、こんな場所で死んだ娘の絵を描かせるなんて、できすぎているね」

笑う歌の息に合わせて、蝋燭の光がゆるゆると揺れた。

「うん……この娘の目元は似てきた。しかし、ちっとばかし口元が違う。色気がありすぎるな。もっとこう……田舎の娘のように描いてくれ」

「どこの版元より口うるさいねえ」

屋敷に入って、どれくらい経ったのか。吹き付ける風のせいで鐘の音も聞こえない。

もう深夜になるのかもしれない。猿はさぞ怒り狂っているだろう。それよりも妓楼の屋根は大丈夫だろうか……と風の音を聞きながらタケはつれづれと考える。

外の風はどんどんと強くなる。雨戸が時折激しい音をたて、建物全体が大きく軋む。不規則に吹き付ける風と雨が屋敷を揺らすこともある。

しかし歌は動じない。

「娘の絵ばかり増えていくねえ」

彼は床に散らばる無数の絵を見つめてため息をつく。

「こんなに町娘ばかり描いたのは初めてだ」

「もう十年も前に顔を見たっきりだからな……畜生、頭ん中じゃ顔が浮かぶんだが……」

タケは頭を抱えた。

彼女は団子鼻の目が小さい、頬の丸い娘であった。

朝顔のような素朴な柄の浴衣がよく似合っていた。顔は思い出せるが説明をしても、歌が描く頃には違う娘の絵になっている。

「あたしじゃなく、タケさんが描いてやればその子も喜ぶだろうに」

彼の周囲には、女の姿絵が山のように積まれている。筆の線だけで描かれた女たちだ。

背の低い娘、高い娘。鼻の大きな娘もあれば、唇の厚い娘もある。

ただただ、彼女とは異なる娘の絵ばかりが増えていく。

「……俺の絵じゃ、だめだ。喜ばれねえよ」

「ここにいるどの女の顔も全部、タケさんの知った女の顔だよ。さんざん、泣かしてきたんだろうね。でもその娘の記憶は綺麗すぎて、本当の顔を言いたくないんだろう。本心では、あたしに描いてもらいたくないんだ。綺麗な思い出だからね」

歌はそういってニヤリと笑った。

「まさか、そんなことがあるもんか」

だからタケも笑って返す。

体を伸ばすと、背がぱきぱきと音をたてた。もう随分長い間、座り込んで指示をしていたのだ。腰も背もすっかり固まっていた。

「……女といやあ、おめえ、よくあんな猿みてえなオカメに懐いてるな」

タケが思い出したのは猿の姿だ。

深川の女は気性が荒いのが常だが、猿ほど気っ風のいい娘はそうはいない。

そんな猿に、この歌はひどく懐いていた。食事の世話を焼かせるだけでなく、むずかっては猿、猿と呼ぶのだ。

たつみ屋だけでなく、大黒の遊女たちはみな揃って歌に夢中である。

歌が小綺麗なせいもあるし、自分の絵を描いてもらえれば客が増えるという打算もある。

猿が来るまでは女たちの部屋を順繰りに巡っていた歌だが、最近は絵を描く目的以外で女たちに近づきもしない。

そのかわり、猿のいる台所の隅に腰を下ろして、ひな鳥みたいにおとなしくしている。

時折、歌の口に食事を放り込むのが猿の仕事だった。

遊女たちはそれを見て、猿に歌を取られたとさんざん文句を言っていた。

もちろん、あんな娘に本気で惚れるわけはあるまいが。

「まさか本当に好いてるわけじゃ、あるめえな」

冗談で呟けば、歌が目を細めた。じっとタケの顔を見て、薄墨のような目で微笑む。

彼は白い人差し指を自身の唇に押し当てる。そして、「し」と息を吐いた。

「いや、待てよ、本当に歌さん、もしかして」

歌の反応にタケは飛び上がる。

が、歌は平然と、もう一枚紙を取り出した。そして彼はタケの頭のあたりを眺めてさらさらと女の絵を描き始める。

「おい、歌さん……」

「ゆっくり振り返ってご覧、タケさん……ゆっくりだよ」

歌の調子は平然として変わらない。虫でも出たかと振り返り、タケは思わず悲鳴を噛み殺した。


「……なっ……な‼」


すぐ背後、触れられるほど近くに、白い靄《もや》が浮かんでいる。

美しい白い布のような靄である……それが死《し》に装束《しょうぞく》の経帷子《きょうかたびら》であると気づいたのは、袖の縁に白魚のような指が見えたからである。

……ただれた顔の娘が一人、宙に浮かんでいた。

それは、感情のない顔で二人を見下ろしている。腰から下は溶けてしまったように、淡く薄れて消えていた。

「おい、おい、逃げるぞ、な……何をお前」

腰が抜けたのか、うまく動けない。だから這うように、タケは必死に逃れる。

幽霊と思わしき女は動じず、ただ黒い目でこちらを見つめるだけだ。

「お、おい、早く、早く、逃げねえとお前……」

歌の手を取ったが、彼は思ったより強い力でタケの腕をはねのけた。

「描くんだろう」

「何を、いって」

「絵描きは因果だ」

歌は寝転がったまま、じっと娘を見つめていた。

娘は動かない。まるでそこに映し出された絵のように、浮かんでいるだけだ。

彼女が見つめているのは畳だ。ここで死んだのは、遊女である母ではなく、娘のほうだったのか。

母もなく父も来ない。孤独の中で、たった一人、死んだのだろう。

涙はない。絶望もない。その目には何一つ映していない。

「お嬢さんは、綺麗な子だ。お母さんは売れっ子だったのかい」

歌の手が、さらさらと娘を描き上げていく。

ただれた顔さえも、残酷にその筆は描き出していく。

「あたしも、遊女の息子でね」

ぽつりと、歌は呟いた。

「遊女だって姫様だって同じ女だ、生まれてくる産道に貴賤《きせん》はないが……」

幽霊の娘は聞こえているのかいないのか、動かない。

ただ、その目が歌の描く絵を見つめていた。

「生まれた先は地獄だろう……つらかったろうね」

できあがった絵は、まるで娘に生き写しである。真っ白な顔に、感情のない目だ。

絵で見れば綺麗な娘である。

しかし、ただれた肌が痛々しい。

「待て……歌さん、それに、手を加えてもいいか」

まだ腰の力は入らないが、タケはおそるおそる絵に近づいた。

小刀で蝋燭を削り火であぶる。垂れるその蝋を、そうっと絵に近づける。薄い唇に、ぽつりと載った紅の染み。

赤い色が一粒載るだけで、絵が急に華やいだ。

おそるおそる宙に浮かぶ娘の顔を見てみると、彼女の目に少女らしい華やぎが生まれた。

彼女は驚くように自身の唇を押さえ、恥ずかしそうに俯くのだ。

絵の中の彼女の表情も途端に、和らいだように見える。

「……仕事道具がありゃあ、もっと綺麗に化粧をしてやれるんだが」

はたりと、娘の絵に滴が落ちた。気がつけば、タケの目から涙が溢れていた。

目の前に浮かぶ娘は、タケの知る娘ではない。しかしどうしても思い浮かべてしまうのだ。

帰ってこない男を、あの子《自分》もこうして待ち続けたに違いない。

綺麗なうちに絵を描いてほしいと、病にただれていく顔を鏡で見るたび思ったに違いない。

そんな娘に絵を描いてやるどころか、死に化粧の一つもしてやれなかった。

娘はあんな田舎で、たった一人、流行病で死んだのだ。

無理にでも江戸に連れて来ていれば、彼女は今、どんな人生を歩んでいただろうか。

「ああ、タケさん」

歌が嘆息《たんそく》するように、言った。

「どんな紅よりも綺麗な化粧だ。綺麗な化粧だねえ」

涙の向こうに揺れる絵は、かすかに微笑んで見える。ふと、顔を上げれば宙に浮いた娘も同じように微笑んで、そうして不意に消えてしまった。

「……ありがとう、歌さん。俺……」

「礼にはまだ早い」

目に浮かんだ涙を拭って笑うタケだが、対する歌の目は笑っていなかった。

彼は珍しくも厳しい顔で、もう一本の筆を取り出す。

そして床に真っ白な紙を一斉にまき散らし、タケにまで筆を握らせるのだ。

「ほら、地獄の扉が開いちまったよ」

彼は平然と、後ろを指す。

振り返ったタケは、呆然と固まることとなる。

「皆が描いてもらいたいと駄々《だだ》をこねてる。ああ、あたしだけじゃ手が追っ付かない。

タケさんも描こう、描こう」

……そこには、有象無象《うぞうむぞう》の揺れる影があった。

女の霊に、首無し武者。顔の見えない化け物に、大入道。

狭い部屋に満ち満ち溢れた百鬼夜行《ひゃっきやこう》が、真っ白な紙を羨ましく見つめては、我も我もと蠢《うごめ》くのだ。

外を駆け抜ける嵐はまるで、三味線の煽るような音である。

しかし、歌といえば生き生きと、その白い腕を動かし続ける。憑《つ》かれたごとく生み出される化け物の絵が、蝋燭の明かりで揺れて蠢き壁に映り、やがてタケも何かに化かされたように筆を紙へ滑らせた。

「……朝……か」

気を失っていたのか、眠っていたのか。

顔に差し込む淡い光に気づいてタケは飛び起きる。蝋燭はすっかり消えて、部屋には一面、描き散らかした絵ばかりが残っていた。

雨戸の隙間から、かすかに日差しが漏れている。蹴り飛ばすように雨戸を開けると、熱気がタケの顔を包み込んだ。

見上げれば、空は抜けるように青い。

雨の滴だけが庭の雑草の上で輝いていて、もう風も雨もない。ただ、ただ空気が眩しく蒸し暑い。

「昨日のうちに嵐は去ったんだねえ」

起き上がった歌があくび混じりにそう言った。

タケは静かに歌を見つめてから、その向こうに散らばった絵に目をやる。歌は平然と顔色も変えないが、タケの中でじわじわと昨夜の記憶が蘇る。

何刻頃まで絵を描いていたのか。右手にはもう力が入らない。墨を吸わせては絵を描き、筆の先が割れるまで紙に叩きつけ続けた。

絵の良し悪しも分からない。見た物をただ写し取るだけだ。

しかし歌は、ひどく楽しげに化け物に触れ合いながら絵を描いていた……そのことだけ、覚えている。

「なんとも……ないのか」

「なんとも……？　ああ、そうだね……今回は珍しく、楽しかったねえ……」

歌は流し目でタケを見て薄く笑う。

ひょろひょろの体で一番にへばりそうだというのに、彼は一晩絵を描き続けて平然としていた。

「ああ、暑い暑い……ねえ、日が落ちてから見世に帰らないかい。この日差しの中を歩く気になれないね……どうにも暑くって参ってしまう」

「馬鹿野郎っ」

「おや、タケさん？」

また部屋に戻ろうとする歌をひっ掴むと、細い体を背におぶってタケは屋敷から飛び出す。草に足を踏み入れると、虫が一気に飛び出した。空は青く道は白いが、人の気配もない。

今の季節、咲くはずもない赤い曼珠沙華が、道の側で薄暗い影を落としている。

……これほどまでに穏やかな昼の風景だというのに、蝉の声もない。人の声もない。

ただ、ただ、静かな道である。

「ああ、まるで地獄への道行《みちゆき》のような……」

「冗談じゃねえぞ！　俺は死んでも男と道行なんざするもんか」

呟いた歌の声にぞうっと背を震わせて、タケはがむしゃらに駆けていく。

「タケさん、絵描き勝負はどうするんだい」

タケに背負われたまま、歌は呑気《のんき》にそんなことを言う。

「うっせえ！　今はそれどころじゃねえだろう！」

「乱暴だねえ」

裾をからげて駆け出して、どれほど走ったか。見覚えのある橋を越え、木戸を抜けると懐かしい建物だ。それを見てタケはようやく息を吐いた。

「てめえ歌とタケ、昨晩どこにいってやがった！」

「ああ、猿！」

怒って飛び出してくる猿の声さえ懐かしい。タケが思わず歌を放り出して猿を抱きしめると、猿がぎゃあと悲鳴をあげて手にした桶の水を思い切りぶちまけてきた。

「タケっ！　てめえ、何しやがる！」

井戸からあげたばかりの冷たい水をかけられて、タケはようやく目が覚めた。足も着物の裾も泥で汚れている。

頭からかぶった水のせいで肩から腕から水浸しだ。

それを見て、歌がつまらなそうに猿の肩を抱きしめた。

「猿、猿、あたしにも」

「二人とも、暑さで気でも狂ったのかよ。ええい暑苦しい、水浴びて部屋に戻ってろ！」

猿はすっかり毒気が抜けたのか、歌を引き離すと桶に残った水で彼の汚れた手を拭う。

「絵描きの手を汚すなよ、タケ」

「おい、猿……なんか食わせてくれ」

タケは地面にへたり込んで、猿を見上げる。

あまりの騒ぎに、木戸番の与太郎が心配そうにこちらを見ている。ヤスも、遣手もいつも通りそこにいる。

「昨日は帰ってこないから心配していたんだよ。二人ともどこにいたんだい」

遺手が心配そうに言うと、歌は、

「二人で地獄の大掃除」

などとうそぶくのである。

ここには、いつもの日常がある。昨夜のことは夢のようだ。

しかしタケがそっと懐を弄ってみれば、そこには描いた記憶のない一枚の絵が忍び込んでいた。

……愛嬌のある笑み……丸い頬。

それは郷里のあの娘の顔だ。しかしその筆跡は歌のものではない。自分の筆跡だ。

タケは唇を噛みしめて、それを丁寧にたたむと懐に収め直す。

いつの間に描いていたのか、描かされていたのか。

絵の中の彼女は、幸せそうに微笑んでいる。

歌といえば、何事もない顔をして腹を擦っていた。

「腹が減ったよ、猿」

その声を聞いて、タケの腹の虫も暴れだした。

黄泉《よみ》の国で出されたものを口にすると、二度とこの世界には戻れないという。ならば、黄泉に足を引きずられた人間は、この世のものを食えばいい。

「すぐに食べたい」

「仕方ねえやつだな」

「ねえ猿。今日の昼餉はなんだい」

「てめえらみたいなのには、水粥をくれてやらあ」

前かけで手を拭い、猿は楽しげに見世へ向かう。その背に向かって歌が珍しく注文をつけた。

「茄子と胡瓜の漬け物も添えておくれ」

おうよ、と、猿が元気良く言い放って去っていく。

女たちが持ってきた布で濡れた顔を拭いながら、歌は微笑んだ。

「だって、盆も間近だからねえ」

彼の白い顔から汗の滴が垂れて落ち、真夏の日差しの中で溶けて消える。

「ねえ、タケさん……俗にまみれたあたしたちじゃ、何の慰めにもならないかもしれないが」

思い返せば、絵を描いている間、彼は冷や汗一つ流さなかった。

今もまだ平然と、何事もないような顔をしながらタケを見つめる。

「一つ、飯でも食いながら、あの子たちの供養をしよう」

彼の目には、いつもあんな風景が見えているのではあるまいか……タケはその言葉を呑み込む。

思えば彼の絵には、そんな鬼気迫る線がある。

タケは歌の中に覗く薄い闇に似たものを感じ、背筋に一粒汗を流す。

その時、まるで唐突に目覚めたように、蝉の声が鳴り響いた。

蛸《たこ》の飯《めし》

歌が手鎖《てぐさり》の刑を受けたのは、秋の風が吹き始めた、そんな頃だった。

剥き出しの足をひやりと冷やすような風が、大黒の花街を駆け抜ける。特に早朝、日が昇る前の台所の寒さといったらなかった。

季節は秋の彼岸《ひがん》だ。墓にも行けない遊女たちは部屋に作った粗末な仏壇《ぶつだん》に手を合わせ、客は取っても騒ぎはしない。

賑やかしの声がないせいで、余計に寒さが染み入るのだ。

「派手な絵を描いたかなんだか知らねえけどよ」

ほの暗い水場の横で、猿は薄く額に汗をかいている。

「……そんなもん、ただの見せしめじゃねえか。胸くそ悪ぃ」

口を開くたびに冷たい水が跳ねる。

猿が体をよじるたびに、水が飛び上がる。

桶いっぱいに張った水が明け方の光を受けて、青色に輝いていた。

その表面に映る自分の顔は、なるほど周囲から猿と揶揄《やゆ》されるだけのことはある。

肌は黒く、鼻の穴は広く平たく、唇は大きく目は小さい。

しかし力強い顔だ。

こんな顔の女は、江戸中どこにもいないだろう。

だから猿は、自分の顔を気に入っている。

「……あたしの知ってる三流の絵師はよ、金ぴかの絵に派手な縁取りつけて幕府のお偉い方に売ってんだ。それはお目こぼしされるのに、歌がやられるなんてのは、納得がいかねえ」

猿が掴み挑んでいるのは、巨大なタコだった。

一抱えもあるだろうか。この季節には珍しい大きさである。

タコはまだ生きていて、長い足を猿の腕に絡ませ、墨を吐く。顔にくらった生臭い墨を、猿はタコに向かって吐き返す。

タコも生きようと必死なのだ。猿はそれに敬意を払うように、塩をひと掴みタコの身にすりつけた。

生きる物を殺すのは、料理人の咎《とが》ではなく性分《しょうぶん》だ。

そしてそれを食べて身とするのは、罪払いである。

「おっ。怒鳴りながら揉むのが一番だな。ぬめりがとれてきた」

タコはどんどんと力をなくしている。

その隙に押して、潰して、柔らかい体に塩をすり込む。タコの長細い顔が震え、吸盤の力が落ちてくる。

水場が、潮の香りで充満する。

海の底からあがった巨大なタコが、川沿いの花街で塩にまみれて揉みしだかれているのは、不思議な光景だった。

そんな猿の背後で、不気味な声が響いた。

「……おお、おお」

「お……おお、いやだ、いやだ……」

猿のすぐ背後。

そこで、善治郎が頭を抱えて震えているのだ。

すでに白髪《しらが》頭の初老である。顔も声も大きなその男が、情けないくらい小さくなって震えている。

「うっせえぞ、ぜんじろ」

「いやだねえ。年頃の娘がよ、生きたタコの塩もみするなんざ」

善治郎は猿の手元から視線を外して呟く。大の男がタコを怖がっているのである。

猿は眉間に皺を寄せ、口を尖らせた。

「てめえに支度しろなんざ言ってねえだろ。あたしが全部やってんだ」

「猿。捨ててこい、こんなもの」

「こんなもの、じゃねえよ。タコだよ」

「……俺ぁ……俺はよ、こいつだけはだめだ。ああ、てめえの丸太みてえな腕にひっ掴まれてもまだ動いてやがる、気味が悪い」

粋な女が集まる深川の花街は、台所番の男も粋で威勢がいい……はずだ。

しかし、粋でいなせなはずの深川の男が、タコを前にこんなに震えている。

「ぜんじろ。てめえ、タコの前じゃ形無しだな」

「うるせえや、お前みたいな女は初めて見たよ。今年一年、お前にゃ驚かされっぱなしだ」

猿がこの見世の台所に居着くようになって、十ヶ月が経とうとしている。

元の台所番だった善治郎ともさんざん喧嘩をし、遣手とも喧嘩をし、時に殴り合いになったことまである。おかげで最近はここの生活にもすっかり馴染んだ。

花街は水のような場所だ。いろんな人間に触れ、溶け合い馴染んで、猿はもう十年もここにいるような気がしている。

ともすれば、ここに流れてくる前のことを忘れそうになっていた。

「タコの旬は少しすぎたろう。どうせ硬くなっちまってるよ」

善治郎は懲りない顔で猿を睨む。

年寄りだが、どこか上品な顔をしている。花街の育ちではない。元は侍であり、身を持ち崩したと彼自身から聞いたことがある。

「それによぉ……ちょいと前まで放生会《ほうじょうえ》（捕らえた魚や鳥獣を放つことで殺生を戒める行事）だったじゃねえか。俺ぁ、あの時八幡様で亀を買ってよ、川に逃がしたもんだ。それからまだ時間も経ってねえのに、生物を食うのはよ……」

「急にかぶれやがって。てめえ、あの帰り道でウナギを食ってたろ」

喋る間にも、タコは力をなくしていく。

猿はタコのぬめりを落としきると、沸いた湯の中に放り込む。と、善治郎が悲鳴をあげた。

しかし投げ込まれたタコは見上げたもので悲鳴もあげず、湯の中に一瞬だけ沈むとすぐに赤く染まって浮かび上がる。

猿はそれを取り上げて、湯を払うとさっそく身に庖丁を押し当てた。

いい弾力だ。旬を少しばかりすぎたタコではあるが身はよく引き締まっている。

「怖くねえのか、タコが。そいつはな、船を引きずるんだ。漁師はそれで何人も殺された、海女《あま》だって何人も死んだって噂だ」

「タコに殺されるわけねえだろ」

邪魔な善治郎を肘《ひじ》で押しのけ、猿は竈《かまど》を覗き込む。

ちょうど、朝餉の米が炊きあがったところである。

「あたしの死んだ親父は上方生まれだ。京では半夏生《はんげしょう》にタコを食うんだ。そのせいでタコの料理だけは、さんざん仕込まれた」

猿の父……正確には養父であるが……は、吉原にある見世の厨房を任されていた男である。

上方生まれのくせに江戸っ子のように気が荒く、喧嘩っ早い。

背にはどこで彫ってきたのか立派なもんもんが広がっており、彼の人生に彩りを添えていた。

父がどのような理由で吉原に落ち着いたのか、猿は詳しく聞いていない。気がつけば吉原で庖丁を握っていた男である。そして、顔に似ず彼の作る料理は繊細だった。

そんな男に、猿は拾われた。川に投げ捨てられ、死ぬばかりだった小さな命を、彼の腕がすくい上げたのだ。

彼の怒鳴り声はまるで雷のようだった。その声に鍛えられ、猿は料理を知り料理を学び、料理を楽しんだ。

（……もう、とうに死んだが）

一年も前のことだ。流行病で、せき込んでいたと思えば、ある朝急に冷たくなっていた。

馴染みの遊女は泣いて、雇い主は赤い目を擦った。

飲む打つ買うの男で、家にはなにも残さなかったが、猿には料理の腕だけ残していった。

湯気を上げる鍋を眺めて、猿は息をつく。

（タコは死んでも旨く食えるが、人が死んでもどうにもならねえ。せめて生きなきゃ）

「醤油に……味醂を入れたな、猿」

「あと少し酒も。桜煮《さくらに》っていうんだ。見てろ、桜色に染まるから」

鍋の中には黒くて甘い汁が煮えている。切り分けたタコの身を、猿は慎重にその中に沈める。

ぱっと、花が咲くようにタコの身が赤く、染まった。

「ああ……気味がわりいくらい、赤い、赤い。いやだいやだ」

「ぜんじろ、なんで苦手なものを買っちまうかね」

「ふるい知り合いの漁師が持ち込んできたのさ。どうせ硬いタコさ……猿、てめえ、
それでなに作る気だ」

「歌のやつの飯にする」

吐き捨てるようにいうと善治郎はいやな顔をした。

「ひでえことしやがる……」

「別にてめえに食えなんざ言ってねえだろ。嫌だったらあっち向いてろ、ぜんじろ」

歌の姿を思い出しながら、猿は口を尖らせる。

猿は恩義を受ければ必ず返すたちである。自身を拾ってくれた細面の絵師のために、
毎日きちんと料理を作る。食わないと駄々をこねれば、口にねじ込んででも食わせる。

おかげで、偏食家の男も少しはぷっくりと見られる体になってきた。

この蛸飯を食えばもう少し身がつくだろう、などと思いながら猿は湯気をじっと見つめる。

「猿、おめえは妙に義理堅いところがあるな。歌さんに拾われたといって、本当に毎朝毎晩、真面目に食事を作ってよ」

ぽつりと、善治郎が言う。

善治郎に珍しく褒められて、猿は思わず渋い顔をした。

「おもしれえ娘だよ。歌さんがあんなに柔らかくなったのも、おめえのおかげだろう。猿、おめえは本当に変わった娘だ」

「なんだ。あの野郎、昔はもっとつんけんしてたのかい」

「それどころか……」

善治郎は鼻に皺を寄せて首を振る。しかしそれ以上は口にしなかった。

(聞いたことがあるな……)

猿は記憶の糸を手繰り寄せ、思い出す。

遊女よりも婀娜《あだ》っぽく見える歌は、江戸一番の絵師だ。花街に暮らし、花街の女を描く。時には、卑猥なものも描く。

「歌は、なんだってこんな深川の……小さな岡場所に？　同じ深川でも、八幡の近くにいきゃあ、もっと有名な見世もあるだろうに」

「知らねえよ。ある時、ふいっと現れて、見たこともねえような大金を遣手の婆さんに積んだんだ」

善治郎の言葉も重い。彼も遣手もヤスもタケも、誰も歌について詳しくは知らないのである。

歌は何が気に入ったのか、金を積んでこの妓楼に住み着いた。

ここに来たばかりの頃の歌は、部屋に籠もりきりで、お愛想《あいそ》などもできやしない。まるで幽鬼に取り憑かれたように、絵ばかり描いている男であったという。

今は、甘えん坊で我儘《わがまま》。とんだ子供である。しかしそんな性格は最近のものらしい。

猿はそのことが、到底信じられなかった。

「おっと、煮込みすぎると硬くなる」

「歌さんに、あんまり変なもの食わせるんじゃねえよ。そりゃあ、あの人は猿の作ったものならなんでも食うが……」

鍋の中、赤く染まったタコが揺れる。猿はそれを見つめ、箸でさっと引き上げた。

「……さて、煮込んだこの桜煮を、炊けた飯に混ぜて」

炊きあがったばかりの竈の飯に、赤いタコの身をいくつも投げ入れる。白い飯がまるで桜の色のような淡い赤色に染まり、ざっくり混ぜると磯《いそ》の香りが広がった。

「葱と刻んだ生姜をのっけて」

その飯を丼によそい、米の上には鮮やかな青の葱と、細く切った生姜。そして……

「汁をかけて……蛸飯だ」

「……ほう、旨そうだ」

上から甘辛い汁をたっぷりとかけると、飯がとろりと茶色に輝く。葱の青と、赤いタコの身が、朝日に照らされてきらきらと輝いて見えた。

先ほどまで猿の手の中、暴れていたタコはもういない。

水場にその痕跡《こんせき》がかすかに残るばかりである。

怖がっていた善治郎が、興味津々《きょうみしんしん》、猿の手元を覗き込む。

「猿、俺はどうも根がお上品にできていてよ。下品なものが作れねえんだ。猿に習わねえといけねえな」

「馬鹿にしてんのか」

「ご飯かい」

不意に、後ろから声がかかった。ぬるりと温かい熱が、猿の背に伝わる。

その重さに、猿は渋々振り返った。

「歌っ！　てめえ。寝てろっったろ。腕がそんなで、転《こ》けたらどうする気だ」

すぐ背後にいたのは、噂の歌だ。

彼はまるで猿の背に寄りかかるように立っていた。彼の顎が猿の肩に乗り、生ぬるい息が耳にかかる。

猿の背に当たる歌の両手は交差し、ひょうたん型の鉄鎖で拘束されていた。

それはいわゆる、手鎖というものだ。

「転けやしないよ。だって猿が助けてくれるだろう？」

はらりと解れた一筋の歌の髪。柔らかなそれが、猿の頬を撫でた。

歌は気配を隠して動きまわるのが得意だった。

気がつけば背後にいて、子猫が甘えるように彼女に寄りかかっている。

歌に懸想《けそう》する遊女などは悔しがるが、猿からすればこの男、大きな子供のようなものである。

小さな子供が母に構ってほしがる、その動きによく似ている。

「美味しそうだ。ねえ猿。タコの墨というのは黒いけれど、絵にできるかねえ？」

「……やめときな、紙が臭くなっちまう」

歌は猿にひっついたまま、くすくすと笑う。彼が笑うと、手鎖もカタカタ鳴った。

「白河の清きに魚も住みかねて　もとの濁《にご》りの田沼恋しき……と最近のやつらは言ってるが、本当のことだよ。最近はちょいとやりすぎじゃあないのかねえ」

善治郎が歌の手鎖を見て、ため息をつく。

「歌さんまでこんな目に遭《あ》うったあ」

卑猥なもの、世間を騒がせるもの、華美なもの……それらを生み出した人間は手鎖に繋がれる。当世、多くの絵師や狂言作家がこのような刑に処されていた。

決まった期間だけ、手を拘束されるのである。

もちろん、両手を縛られていては絵は描けない。

とはいえ通常、手鎖は緩めて付けられることが多い。袖の下を渡されたお役人が、鍵を緩めてしまうのである。

うっかりすると鎖を腕に載せたきりで、あとは見て見ぬ振り……ということも多い。

しかし歌を縛った役人は、容赦がなかった。がっちりと、痕になるほど縛られている。

手鎖に赤い絹の端切れが巻き付いているのは、彼を慕う遊女の心遣いだ。これも役人が見れば目くじらを立てるだろうが。

「いつまでだっけか」

「さあねえ……あとひと月というところかしら」
「それを縛った旦那の野郎、気に入りの女が歌さんに夢中だからって妬《や》いた結果だぞ
うじゃないか」
善治郎がしみじみと呟く。
「この深川で、歌さんに妬心《としん》なんぞ、神社にいって神様に妬心するようなもんだ。く
だらねえ旦那に目ぇつけられたもんだね」
善治郎の言葉に、ふふ、と歌は声をあげて笑う。しばられた当初は、絵が描けない
ことに落ち込んだ風に見えたが、じきにそれもなくなっていた。
「却《かえ》って箔《はく》が付くと、版元は喜んでいるよ」
最近、彼は口に筆を挟んでても、絵を描くのである。
しかし普段よりはやはり、絵を描く時間は短い。
その余った時間、やたらと猿に構う。やることがなくなれば、腹が減るのだろう。
「ま、絵を描く時間が減ったせいで飯の時間が取れてよかったじゃねえか。ちょっと
前よりは太ったろ」
「そうかえ。それなら早く食わせておくれ」
歌の目は、猿の持つ丼に注がれていた。

「……綺麗な色だね」

「ああもう、台所でうろうろしてんじゃねえよ、転けたら手を悪くするだろっ。持っていってやるから、部屋で綺麗どころと遊んでな」

我慢の限界がきたように、猿は怒鳴る。

その声の向こう、朝日とともに起き出した遊女たちと旦那方の、後朝《きぬぎぬ》の別れの衣擦れ音が重なった。


昼になっても気温がとんと上がらない。上がらないまま夕刻となり、初秋にしては冷たすぎる風が遊女たちの衣を冷やした。

ここに似合わない乱雑な音が響いたのは、さらに気温の下がった宵の頃だった。


「オカメ面《づら》の女はここにいるか」

粗野な低い声で怒鳴るのは、一見して堅気者に見えない男たちである。

顔に傷を持つ男、着物をわざとらしく着崩した男、いずれも目つきが悪い。

そんな男たちが数人も肩肘を張り、たつみ屋の暖簾を押し入ってきたのだ。

気弱な女が揃う岡場所なら、きゃっと顔を背けて大騒ぎになろうものだが、ここは粋を売りにした深川だ。

男羽織をまとい三味線を掴んだ女たちが、眉を上げて階段から玄関を覗き込む。こよりを投げつける娘もある。男たちは余計に腹を立てたのか、腕を捲って怒鳴り散らした。

「なんだなんだ、客の扱い方も知らねえのか。さすがは二流の岡場所だな」

「まあまあ兄さんがた。興奮しちゃいけねえ。どうしたもんか、俺が話を聞くからよ」

そんな男たちの間に割って入ったのは、髪結いのヤスだった。先ほどまで夜見世前の仕事をしていた彼は、手の油を落としもせずに男たちの前に滑り込む。

長い間、髪結いで鳴らしていただけあり、動きに如才《じょさい》がない。

「随分と男前が顔を揃えていらっしゃるが、一体どこからのお越しで？」

「……吉原の使いだ。ここに……」

男たちは突如現れたヤスを睨むが、彼の背後に立つ巨体を見てぎょっと目を剥いた。

「……ここに……人を捜しに来た……」

ヤスの背後。男たちを睨むように立つのは、与太郎。

顔が四角く、片目が潰れている。上背も肩幅もある。そんな男が腰に立派な刀をひっさげているのだから、男たちは思わず数歩退いた。

かつては大黒の木戸番を務めていた男だ。縁あって、今は武家の屋敷に雇われている。しかし、大黒が好きなのか、非番であればよく顔を見せた。

実際のところは気の優しい男だが、見た目だけでいえば鍾馗の姿だ。堅気の男には見えない。

「そうだ……人を捜しに来ただけだ。別に暴れようってわけじゃねえ」

与太郎を見た男たちは途端、気弱になって顔を俯けた。

ヤスは笑顔を崩さないまま、男たちの進行方向を塞ぐ。

「へえ。どんな人ですか。俺もこの岡場所は長えもんで。俺で力になれたらいいが」

「……お、よく見りゃてめえヤスじゃねえか。てめえ、こんなところでも結ってんのか」

男の一人はヤスを知っていたようで、安堵の息を吐く。

そしてこそこそと、ヤスに耳打ちをするのだ。

「……新しく入った女だ。新しいといっても、ここ一年くらいの話だろう。顔がまずいから遊女ってことはあるめえ、料理か雑用か……その辺だ。ここに引っ張ってくるか、場所を教えろ。隠し立てするってんなら、俺たちのほうから家捜しさせてもらうぜ」

ヤスの目が、一瞬だけ暗く染まる。しかし彼はすぐさま笑顔に切り替えた。

「さあ……俺は女の髪を結うばかりで見世の内輪のことまでは詳しくねえから、そんな噂は聞いたことがねえな。古くからいる台所の爺さんを知ってるから、尋ねてやってもいいぜ」

ヤスの目は一瞬だけ、木陰を向いた。男たちには気づかれないくらいの一瞬だ。

そのヤスの視線は、木陰に隠れていた猿の視線と交差する。

「本当か。隠し立てすると、ひどい目に遭うぞ」

「へへ。兄さんがた、今はあんまり大きな声で暴れないほうがいいですぜ。この街は、案外いろんなお方が遊んで行かれるのでね……」

ヤスは囁きながら、二階に意味ありげな目線を送る。

「それに、ここの女たちも気が荒い。楼主は不在だが、遣手の婆さんは吉原にも顔が利く。騒ぎになれば、八丁堀の同心連中がすぐ動くぜ」

男たちは不安そうに目を互いに交差させた。

下級役人とはいえ、同心は気が荒く権力を振りかざすものも多い。やくざものでも、その名を聞くと面倒そうな顔になる。

さらに遣手は威嚇《いかく》するように店の前で睨みを利かしていた。二階から、一階から……たつみ屋の女たちが皆、客を放って玄関に集まり、羽織姿で男たちを睨みつけている。

周囲から注がれる冷たい視線に気がついたか、それとも八丁堀の名に怯んだか。先ほどまでの威勢の良さがかき消える。

……そもそも、深川花街と吉原は犬猿の仲だ。敵地であることを思い出したように、男たちの意気地は一気にしおれていった。

男たちは顔を見合わせ腕をすり合わせると、どこか所在なさげに一つに固まって頭を掻く。

「……てめえは八丁堀とも親しいんだったな。そいつは俺たちも、面白くねえ」

「じゃあ、こっちにいらっしゃい。立ち話もなんですから、座れる場所に案内しますので。茶でも飲んでいらっしゃい」

ヤスは白い指で揉み手をし、男たちを誘った。

……そのやり取りをじっと見つめていた猿は、手の中の汗を握り込む。

じじりと、足が動く。腕を捲り、近くに落ちていた木の枝を握ろうとする。

その腕を、誰かが不意に引いた。

「猿、こっちだ」

力強く引っ張られ、喉の奥が鳴る。悲鳴を噛み殺して顔を上げれば、猿の背後に見慣れた男がいた。

「……っタケ、てめえ」

「大声だすんじゃねえぞ……なあ、猿よ。何をやらかしたんだ、あんなのと」

それはヤスと同じ、髪結いのタケだった。彼はいつもの嫌味な顔はどこへやら、真剣な顔で猿を睨む。

「べ、別に関係ねえだろう。確かにあれは、あたしの知り合いだ。だからあたしがケリを付ける。別にてめえらに迷惑はかけねえ」

「馬鹿野郎。ヤスの大根芝居を無駄にするんじゃねえ。見つからないうちに、歌さんの部屋にいくんだ」

タケの足が、地面に落ちていた木の棒を踏みつける。猿の手は、棒を掴み損ねた。

「なんで歌の」

「呼んでいるからに決まってるだろ」

色白のタケの顎に、季節外れの汗が一筋流れて落ちる。彼が猿を掴む手の力が一段と強くなる。

猿は情けないほど呆気なく、タケの力に引きずられた。

外はもう宵の闇だ。待宵《まつよい》の月が、青みがかった宵の空にぷかりと浮かんでいる。

夕日もすっかり落ちて、空気は薄暗い。

行灯の光に照らされて、客の影が暗い染みのように地面に伸びている。

タケに引きずられた猿は裏の階段から二階に上がった。薄暗い廊下の左右からは、
三味線の音に、睦言の声が響く。さらに先に進むと、一番奥に小さな部屋がある。

引き戸を開ければ、そこは闇。

その闇の中で、白い影が見える。タケの乱暴な腕が猿の背を押し、文句を言う間もなく目の前で襖が閉められた。

「……猿、おいで」

顔を上げれば、歌の細い体が部屋の中にぽつりと浮かんでいた。つん、と香るのは獣の臭いだ。この部屋には歌の拾った犬や猫が住み着いているのだ。部屋の四方から、唸るような声が聞こえる。

「歌、お前……こんな暗い部屋で……」

こんなに暗い部屋だったか、と猿は思う。

飯を運ぶ時、いつもここは明るい。綺麗な遊女たちが数人、歌にはべっている。遣手も来れば、ヤスたちも来る。ここはいつも、賑やかで妙に明るい部屋だったはずだ。

……歌一人きりだと、こんなにも薄暗い。

「最近はすっかり日が短い。夕暮れの赤の色が消えたこんな刻をね、誰そ彼刻《たかれとき》というそうだ。お互いの顔も見えない、あなたは誰かと問うような、そんな薄暗さじゃないか」

歌は鎖で縛られた手を肘掛けに置いていた。その手の先には筆が握られている。小さな窓が一つあるきりの部屋だ。行灯はともっているが、薄暗くて顔色もよく見えない。

「歌、てめえ何なんだ。あたしは急いで……」

「猿。どうも、良くない連中に絡まれたらしいねえ」

歌は筆の先を揺らして猿を手招く。

暗い中でぼんやりと座る歌は、いつもの様子と違って見えた。思わず怯んだことに腹が立ち、猿は自身の頬を強くつねった。

そしてわざと音をたてて歌の前に腰を落とす。じっと顔を見れば、いつも通りの白びょうたんだ。何も怖いことなどあるはずもない。

「そうだ。あいつらはあたしの客だ。だからあたしが相手をして、追い返す。歌に迷惑はかけねえよ」

「お前さんの過去を、今更聞きたいわけじゃないが……」

歌は猿にもっと近づくよう合図をする。

渋々近づけば、歌の縛られた両手が猿の顔にすっと伸びてきた。

がちゃり、がちゃりと手鎖の嫌な音。そして錆《さび》の香りがする。

「十ヶ月前、あたしは過去ごとお前を買ったんだ。商品に傷でも付けられたらたまったものじゃない……良い子だから、じぃっとしておくんだよ」

「なっ」

歌は手にした筆を薄い唇にくわえると、にっと笑う。

体に似合わない大きな手のひらが、猿の襟元を掴むと、彼の白い顔がゆらりと近づく。

……歌は、くわえた筆で猿の顔を撫でたのだ。

墨の、くすぶるような香りが鼻を突く。

ぬるりと、舐めるような感触が顔を撫でる。

歌の吐息に似たような息づかいが、薄闇の中で響く。

歌の息は青い草の香りがする。そのぬるい温度が猿の頬を掠めていく。

彼の細い目が、すぐ間近でじっと猿を見つめていた。

「な、何しやがんだ、てめえ」

「はは。真っ黒だ。猿らしいじゃないか。墨が臭いかい？　ふふ、安心しな、これはただの墨だ。タコの墨じゃない」

どれくらい、墨で顔を撫でられたのか。気がつくと歌は筆を外して楽しそうに笑う。そして彼は器用に自分の羽織を脱いで、猿の肩からそれをかけた。

人差し指を口に当て、歌は笑う。

「……さあ、芝居の時間だ」

同時に、襖がぱんと開いた。

襖が開くなり、粗野《そや》な空気が流れ込む。猿は思わず腰をあげかけたが、歌の手鎖がその足をきつく叩いた。

「旦那、邪魔するぜ」

「おや、無粋な訪問客だ。悪いがあたしはいま、これでね。仕事は断っている」

歌は驚く顔も見せず、肘掛けに置いた手を軽く揺らす。

猿の耳元で、手鎖の擦れる音がした。細い骨ばかりの手首に、鉄の輪はあまりに哀れで、猿は思わずじっとそれを見つめる。

「こいつを終えるまでは絵は描けないよ。よそをあたっておくれ」

「絵……？　おい、ああ。お前……女の絵ばかり描くっていう、随分な絵師様じゃねえか。ここに住んでるのか。昔は吉原にいたと聞いたが」

率先して滑り込んできたのは細面の男である。顔に傷持つ男たちも騒々しくあとに続く。

皆、疲れたようにげっそりとやつれ、顔色も悪い。

「吉原は、兄さんがたのような賑やかな人間が多くてね、たまらず逃げ出したってわけさ」

「こんな場末に立派なお方がいたもんだ」

「場末が心地いいもんでね」

「はは。風流人《ふうりゅうにん》ってのは分からねえな……まあいいや、人を一人捜している。オカメみてえな女だ」

男の目が油断なく光る……猿はこの男を知っていた。顔に傷持つ男も、巨体の男も、皆知っている。

その顔に火鉢を投げつけてやりたいと願いながら、まだ一度も叶わない男たちである。

飛びかかり、噛みついてやりたい。むらむらと、猿の中に苦い怒りが湧き上がる。

しかし飛び上がろうとした猿の足を、歌の手がきつく掴んだ。

「深川の女は皆、綺麗どころだねえ。今のところ、オカメは見たこともない」

「いや、遊女じゃねえ。料理のできる女だ。だからどこぞの見世で料理なぞ作っているかもしれん。お前さん、大黒に詳しそうだ。知ってるだろう……ん？　隣のは？」

「……ここにおわしますのは、あたし専属の警護の男」

かっと、上がりかけた猿の頭を歌の手が掴み、手鎖の重さでそのまま床に押しつけられる。

青臭い香りが鼻いっぱいに広がり、畳が顔を擦った。歌の力は想像以上だ。

見た目より力が強く、猿は少しも動くことができない。

「……黒地の猿ってもんで。少々気が荒いものでね。顔を上げたら兄さんがたに食ってかかっていきそうだ」

「猿。はは……なるほど、真っ黒な猿だ、こいつは……」

男の一人がまじまじと、畳にへばりつく猿の姿を見る。しかし黄昏もすぎた時刻、薄暗い部屋。顔を黒く塗ってしまえば、人相は分からなくなるものらしい。

「女……いや男か？　髪は女結いに見えるが……」

「ここ深川は、女が羽織をまとって男のなりをする世界。男が女髪をしても、おかしくもない場所だよ」

「ふん、そんなもんかねえ……うちじゃ考えられねえ」

眉根を寄せ、男たちは疲れた顔でため息をつく。そして困ったように、互いを見つめ合った。

「で。一部屋ずつ当たっているので？」

「おうよ。遣手の婆さんに聞いても、女に聞いても埒《らち》があかねえ。部屋も当たったし、台所も覗いた。この部屋が最後だ。随分と、袖にされた。深川の女ってのは、どうも気性が荒いもんだ」

「深川の吉原嫌いは有名だろうに、よくぞ乗り込んできたものだねえ」

部屋を巡る間に、散々なぶり者にされたのだろう。深川遊女くらいになれば、男の乱暴には腕を捲って立ち向かう。気性が荒く、気っ風がいいのが売りである。

男たちは最初の頃と打って変わって、すっかりしょげかえり、肩を落としていた。

「なあ、絵の兄さんよ。あんたくらいになると、花街にも詳しいだろう。どこか……

他の岡場所で、醜女の料理人が雇われた、なんて話を聞いたら、吉原まで使いを出してくれ。飛んでくるからな」

「……もし。その女、何をしたんだい」

去ろうとした男たちに、歌がさり気なく声をかける。すると男の一人が振り返り、こともなげに言い放つのだ。

「見世の女の、足抜けを手伝いやがった」

「ほ」

「そのオカメ、元々は料理番だ。おとなしく飯を作っておけばいいものを、よりにもよって格子遊女の肩を持ちやがって……昨年の暮れの頃だったか」

猿の中に、冷たい風が吹き抜ける。そんな心地がする。

目の前に浮かぶのは雪の光景だ。真っ白な雪、吹き付ける雪。

確か、恐ろしいほど寒い日だった。

明け方、凍った雪を踏みしめながら逃げていく女の姿が、今も瞼の裏に残っている。

裏路地にあった医者の駕籠に無理に乗せて外に逃したが、女は猿を気遣うように何度も身を乗り出して、小さな手を振っていた。

……名は、何だったか。愛らしい名前の娘だった。

田舎の両親に売られたその娘はある日、好きな男ができたと泣いて猿に縋《すが》ったのだ。吉原から逃げたい、こんな仕事はもう辞めにしたい。しかし、買われた身ではどうにもできない。いっそ死んでしまいたい。

そう言って、女は猿の前で肩を震わせたのである。

だから、猿は女を逃がした。吉原の足抜けは重罪だ。見つかれば猿とてただでは済まない。

門番の監視も厳しいが、医者だけは駕籠を使うことを許されている。だから女の急病人を装って、外に逃がした。

女が逃げたのを見届けたあと、猿も吉原を囲む小汚いドブに飛び込んで、泳いで外に逃げ出した。女が逃げたこと、そして彼女と懇意であった猿が足抜けを手伝ったことを気づかれる前に、吉原から逃げる必要があった。

朝日も見えない明けの前。青い霧の広がる日本堤を駆け抜けて、船宿の主人を叩き起こして猪牙舟に乗り込み、大川を下った。船着き場から足がつくのを恐れ、途中で大川に飛び込んでまた泳いだ。

なんとか泳ぎついた岸からがむしゃらに駆け、力尽きて倒れたのが……ここ大黒、たつみ屋の前だったのだ。

思えば、もう十ヶ月も前の話だ。今まで追っ手が来なかったことが奇跡ですらある。夕刻、彼らの姿を見た時は、随分と遅い捜索だと内心せせら笑ったほどだ。

（……あの子は幸せにしてるだろう、きっと）

そう思うと、心の中に温かいものが広がった。

しかし歌には猿の心の声は聞こえない。素知らぬ振りをして、男たちに話を急かす。

「……随分、古い話が今更、湧き上がったもんだねえ。その話が本当のことなら、足抜けとオカメ女が逃げたのはずっと昔の話じゃないか」

「ああ、見つかったからな……女の死体がさ」

……ぱきりと、どこかで雪を踏み抜く音が聞こえた。

それは、猿の心の中にある十ヶ月前の幻聴《げんちょう》かもしれないが。

「どこぞの若旦那と逃げて、その結果が心中よ。山ん中で死んでいた。人相は分かりゃしねえが、着物で分かった。その話がうちにきたのがつい先日ってところだ」

男たちは何も気づかないようにぺらぺらと、楽しげに口を滑らす。

歌の手が、さらに強く猿の頭を押さえた。しかし押さえられなくとも、飛びかかる気力などもうなくなっている。猿は墨臭い畳の目だけを、呆然と見つめていた。

「遊女が一人消えたときも大騒ぎになったが、ついぞ見つからなかった。その夜、オカメ女も姿を消したので、連れ立って逃げたことは見当がついたが、捜しても見つかりゃしねえ」

ごうごうと、猿の頭の中で響くのは雪の音だ。

幸せになるからと、叫びながら逃げた娘の背ばかりが頭に浮かぶ。真っ白な雪の向こう、娘の背ばかり思い出す。

……とんと、顔は思い出せない。

声ももう、思い出せない。

しかし、娘は確かに存在したのだ。猿を頼り、助けてほしいと縋ってきたその娘は確かに存在したのだ。

「しかしオカメが逃した証拠があるでなし、オカメも遊女も見つからず。そのままになってたんだ。で、忘れかけた頃に、逃げた女の体が見つかった。オカメの手引だろうってんで、話を聞くためにこうして俺たちが駆り出されてるってわけだ」

「オカメが女を逃がしたという、証拠は？」

「その女、オカメの着物を着ていた。町の女を装って外に逃がしたんだろう。しかし甲斐のない話だ。命をかけて助けた女があっさり死んじまうなんてよ。そのせいで自分は追われる身となりゃ、恨んでも恨みきれねえだろうな」

男たちは冷めたため息をつく。その声に、猿の背に冷たい汗が流れた。

胸の奥が引き締まり、喉が張り付くように痛くなる。怒りとも悲しみとも付かない感情が噴き出して、叫びたくなる。

しかし、その感情に反して、体が少しも動かない。握った拳ばかりが白くなり、腿《もも》が震え、頭が汗ですうすう冷える。

死んでしまいたい。そういって泣いた娘の、震えるつむじばかりが思い出される。

……死んでしまったら、どうにもならない。せめて生きなければ、どうにもならない。今朝、何気なく考えたその言葉が頭の中を駆け巡る。

「オカメの親父ってのが、うちの見世の料理番だったんだ。一年前に流行病でぽっくりだがね。娘を見世に置いておく義理などないが、親父殿の顔をたてて置いてやったってのに、とんだ野良犬だ……ああ、話しすぎたぜ。邪魔ぁしたな」

男たちはついぞ、猿に目もくれなかった。疲れたような顔で部屋から出て行く。

外では女たちの威勢のいい罵声と、「誰か塩もっておいでっ」という遣手の声が重なった。

誰かが投げた石が当たったか、男の情けない悲鳴と、光が揺れる。提灯を吊るす柱にでもぶつかったのだろう。

……気がつけば、小さな窓からは道に飾られた提灯の赤い光がちらちら見える。宵は過ぎ、もうすっかり夜である。

「ねえ猿。誰そ彼とはよくいったもので、ほら、顔なぞ分かりやしない。それにこうしておけば、もう二度とあいつらは来ないだろう」

呆然と座り込む猿の顔に、歌が手を置いた。

顔についた墨を指で拭い、そして彼は目を細める。

彼の膝に白い子猫が甘えるのが、この空気に似合わない長閑《のどか》さだった。

「朝に作ってくれた蛸飯は、残ってるかい？　あれは美味しかった。今から持って来て、食べさせておくれ」

外の声は賑やかだが、歌の声は静かなものだ。彼はひな鳥のように口を開き、細い目で笑う。

「……一人で食いやがれ、ガキじゃねえんだ」

ようやく口を開いた猿の声は、情けないくらい掠れて震えていた。

唇も喉も張り付くように渇いている。目も涸《か》れ果てたのか涙もでない。

しかし歌は気にもせず、猿の頬をつねり目を細めて笑う。

「嫌だよ。手がこれじゃあね。猿が食べさせてくれないなら、あたしはもう、ずっと飯を食わない」

猿がいて、良かった。そんな風に呟く歌の声だけが不思議なくらい虚しく響いた。

卵葱汁《たまごねぎしる》

耳の側を抜ける風はひゅっと冷たく、大地は草履も凍えそうな冷たさだ。花街を囲む木々は赤く染まり、はらりと落ちる葉に悲しさがある。秋が終わり、冬が訪れようとするこの季節。

猿が突然、深川から消えた。

「寒い寒いってのはさ、婆さん。てめえの皮が薄くなっちまったからだよ。見てみろよ、深川の娘たちは薄い着物。その上、素足できゃらきゃらだ。それはどうなってんだって聞いてみたらよ、なんとまあ、まだ単衣《ひとえ》だとよ。信じられねえ。俺はたき火が恋しいほどだというのに」

善治郎は指をすり合わせ、背を丸めながら言った。

ありったけの着物を着込んだが、風はやすやすと着物の隙間を通り抜けていく。着物に顔を埋める自分はさぞ、亀のような顔をしているのだろうと善治郎は思う。

それを恥ずかしがる年齢はとうにすぎた。今は老いた体を労《いたわ》るほうが何よりも大事だった。

「全く、若い子は元気がいい。分けてもらいてえくらいだ」

善治郎は目を細めて、周囲に広がる格子窓を見渡す。

深川の花街は、寒い季節になっても賑やかである。遊女たちは白魚のような指で三味線を掴んで、男羽織の着物をまとう。

粋が売りの女たちは、寒さ程度ではくたばらないのだ。

やせ我慢に窓を開き、しもやけの指で三味線を叩く娘もある。

この花街にもう夜が訪れる。そうなると、冷やかし客から馴染みの客まで、多くの男の熱気に溢れる。それでも寂しい空気は払えない。

それは季節のこともあろうが、何よりも猿という一人の娘が消えたせいもあるだろう。

「台所も、すっかり静かなもんさ」

善治郎は乾いた指をすり合わせ、呟く。

深川の街を彩る紅葉《もみじ》は今が盛りで、赤い葉が揺れている。子供が懸命《けんめい》に手を開いたような、そんな葉だ。

秋は紅葉一つとってみても、どこか寂しい気配がある。

「火が落ちたみてえに静かなもんだ。いや、台所の火は年中ついてんだけどよ……なあ、枯葉《かれは》も、そう思うだろ」

「要は寂しいってことだろ……猿が消えてさ」

この妓楼をまとめる遣手……枯葉は、鼻で笑って言い放つ。善治郎はかっと鼻の先を赤く染めた。

「まさかっ。んなこたあねえよ。あんなオタンコナスの一人が消えたくらいで寂しいなんぞ思うものか。ただ静かすぎてケツが落ち着かねえ。それに仕事が増えたし、あいつの仕事も代わりにしてんだ、こっちは」

まだ雪は降らないが、代わりに落ち葉がゆるゆると落ちてくる。大きな葉に顔を撫でられ、善治郎は大きなクシャミを吐き出した。

「猿がいねえせいで、仕事が増えて仕方がねえ」

「あの子が来るまで一人で仕事をしてたじゃあないか、甘えたことを言うんじゃないよ」

枯葉は煙管を吹かしながら嫌味っぽく言う。しかしその目にも、どこか寂しい色が浮かんでいた。

……二人は今、妓楼の玄関前で、道を汚す落ち葉を無心に集めていた。秋の夕日は薄暗い。

周囲にはすでに、妓夫《ぎゅう》と呼ばれる客引きの男たちが行ったり来たりしているが、その影もどこか虚しく寂しかった。

「まあ、あの子が来ておよそ一年。この見世も周囲も、皆がちょっと変わったよ。皆ちょっと……優しくなったか」

枯葉は目の皺を深くして、少し笑う。

「あの子の作る飯がうまかったおかげかねえ……」

(……まあ、食えねえことはない、ってくらいだ)

しみじみ呟く枯葉の言葉に、善治郎は心の中で悪態を吐《つ》く。

花街に来るような人間は皆、なにかしらの過去を持つ。そのため誰も彼女の過去は問わず、彼女も語ろうとしなかった。

そんな猿の過去が一瞬だけ垣間見えたのは秋の始まりの頃。

吉原より、猿を捜す追っ手が来たのだ。男が言うには、猿は天下の吉原で、なんと遊女を足抜けさせたとか。そんな男たちの来襲を受けて数日、猿はまるで腑抜けになったように見えた。

そして今年初めて北風が強く吹いた、二十日ほど前の雨の朝。

彼女は自室からふいと消えた。

「あたしだって寂しいさ。皆、そうだ。皆、あの子を捜してんだ」

枯葉は地面に散った赤い葉を蹴り上げて、呟く。

枯葉。その名の通り、すっかり髪も白く枯れ果てた女である。

時折、ぎょっとするような色気を見せることもあったが、それはこんな商売柄当然ともいえる。

善治郎はそんな遣手の顔を横目で盗み見た。

この見世に拾われて数年経つが、まだ枯葉の過去はよく分からない。

楼主であり遣手。経営から女の世話まで一手に引き受け、他の見世の男楼主にも負けないほどの強さがある。

しかし善治郎と二人になると、年相応の寂しさを見せる女だった。

枯葉は、皺の寄った手をすり合わせて息を吹きかける。

「こんな寒くなった頃だというのに、あの子ったら一体、どこへいっちまったんだろうねぇ……」

猿が姿を消すなど一度もなかった。どこかへ行く時には行き先を告げて消える。そんな生真面目さのある娘だった。

出て行った当日。彼女の部屋を覗いてみれば、荷物はある、書き置きもない。しかし、嫌な予感がした。

「最初はよ」

善治郎は鼻を啜り上げながら言う。

「ただ、遊びに行っただけだと思ったんだ。あの野郎、仕事をさぼって遊びに行きやがったってな……でも、日が暮れても戻ってこねえ」

異変に気づいたのは、善治郎だ。悪くなってきた足を引きずりながら、近場を捜し回った。

「翌日も、その翌日も、帰ってこねえ」

善治郎に続き、彼女に関わった全ての人が、誰が言うでもなく猿を捜した。

しかし、その行方はようとして知れなかった。吉原へ行った者もあるが、とうとう見つけることができなかった。

……やがて嫌な噂が流れ始める。

吉原の悪い男たちに、とうに簀巻《すま》きにされて大川にでも捨てられているのではないか……。

嫌なことを考えて、善治郎は背を震わせる。

「しかし、あれだな。歌さんはひどくあの猿に懐いていたせいで、すっかり気落ちだ」

善治郎は二階の窓を下から眺め、目を細める。

その部屋に、歌が住み着いているのだ。

春は桜、夏は夕立、秋は紅葉に冬は雪。彼は季節の絵を描くために、常に窓を開けていた。

しかしこれほど美しい紅葉が色づいているというのに、彼はここ数日、窓を開けない。

歌は飯もまともに食べず、部屋にじっと引きこもっている。

しばらく前に手鎖の刑を受けたせいもあるだろうが、それ以上に最近は目に見えて元気がない。

気心の知れた遊女でさえ、最近は歌の側に近づくのが恐ろしい、と、そうこぼした。

彼がここに来たのは数年前だが、その時も、そんな風だった。刃物のように鋭い雰囲気をまとわせて、誰も近づけなかった。

また、あの頃の歌に戻ってしまったようだ。

「美人どころに囲まれてるくせに、猿のことばかり気にしてる。変わった人だよ」

「あれは惚れてるよ」

「はあ？」

せせら笑うような枯葉の声に、善治郎は思わず目を剥く。

二人の間を風が抜け、赤い紅葉がひらひらと舞った。

枯葉はまるで子供のように、その紅葉を追いかけ、手で捕まえる。

「立派な歌さんがよ、何を狂ってあんな猿に惚れなきゃならねえ」

「男にゃ分からないんだ。惚れた女に見せる目は、温度と色が違うのさ。隠したって分かる。それに美人は三日で飽きるとそう言うだろう」

「婆の言うことなんざ信じられるかよ。ああ、さみぃ。俺は仕事に戻らねえと……お？」

夜が深くなり、見世の周囲が賑わい始める。客足は酔ったようにゆらゆらと動く。

そんな男たちのために酒を温め簡単な肴を作る、善治郎の仕事もそろそろ忙しくなる。

台所へ向かうその途中、地面に大きな葉を見つけ善治郎は足を止めた。

見世の入り口に、供えるようにそっと置かれた大きな葉だ。

紅葉の赤い葉ではない。青い葉を秋が来る前に収穫して乾かしておいた。そんな作為を感じる葉である。

おそるおそる手に取ってひっくり返せば、そこには細い筆でつらつらと、経文《きょうもん》が刻み込まれていた。

恐怖に喉が鳴るのを抑えて、善治郎は二本指で葉をつまみ上げた。そして、それを建物の陰に放り入れる。

そっと覗いて見れば、暗がりには百枚近い枯れ葉が溜まっていた。

いずれも、細い経文が刻まれている葉である。

「いやだねえ……こんな悪戯《いたずら》はよ」

……これは、ここ数ヶ月も続く現象だ。誰かが葉に経文を書き入れて、見世の前に落としていくのだ。

善治郎は不信心《ふしんじん》だ。だからその経文がどこの仏に祈る文句なのかも分からない。

ただここに書かれているのが経文であることは分かる。小綺麗な文字で、つらつらと書かれているのが却《かえ》って気味が悪かった。

最初は、悪い坊主が女にふられた腹いせに、悪戯でもしているのだろうと考えていた。

しかし日に一度、必ず落ちている。ひどい時には二枚、三枚だ。

ここ最近はぱたりと止まって安心していたというのに、また始まった。

よく見れば、書かれた字は真摯《しんし》であり、悪戯とも思いにくい。猿が消えてからは、その葉を見かけるだけでぞっと背が凍った。

「縁起でもねえ」

さりとて、捨てる勇気もなく善治郎は建物の裏に葉を溜め込んでいた。怖いなどといえば皆に笑い飛ばされる、それが分かっているので隠す他ないのである。

（ああ、クサクサする……嫌だねえ、こんな夜は）

クシャミを堪えて善治郎は背を丸め、今は落ち葉を忘れることにした。

「……ん、誰だ。そこで何してる」

台所に戻れば、温かい湯気にさらされて男の影が揺れている。

善治郎が肩を怒らせてみせると、台所に侵入していた男はしょんぼりと頭を落とした。

「別に。様子を見に来ただけだよ、善さん」

そこに立っているのは、髪結いのヤスだった。

愛想もよく、小綺麗な顔をした男である。そんな男がしゅんと肩を落としてまな板の上を眺めている。

「……おいおい、葱ばっかりじゃねえか」

彼の目の前、まな板の上には乱雑に切られた葱が山のように積み上がっていた。

葱を見て善治郎はため息を漏らす。綺麗に切れているのならともかく、一つ掴めば全て繋がっている。

「切るならもうちっと綺麗に切ってくれねえと。これじゃ客にも出せねえよ」

「……善さんがそう言ったんじゃねえか。つらいことがあったら葱を刻むってよ」

ぼそぼそと、力なくヤスは呟いた。

目がどことなく、落ち込んでいた。彼の言葉に、善治郎は口を閉ざした。

かつて、善治郎は彼に言ったことがある。「悲しいことがあるときは、葱を刻めば悲しみが薄れる」と。

実際、それで悲しみが癒えるわけではない。ただ気が紛れるだけだ。

しかし、普段女の髪しか触らない男が、まるで願掛けのように庖丁を握った。猿を思ってのことだろう。

善治郎は黙って葱の切れ端を静かに刻む。とん、とん、とん。と、心地よい音が台所に響いた。

「なあ善さん。猿のやつはまだ帰ってこねえか」

「まだ、猿のやつは見つからねえかね」

同時に声を放ち、二人は気まずく顔をそらせる。

……心配をしていない、と、言えば嘘になる。枯葉の手前、意地を張ったが、猿が消えた夜から善治郎も猿を必死に捜した。

だというのに、手がかりさえつかめない。案じる心は怒りに変わり、やがて不安と恐怖が胸を締めつけた。

心がやけにかき回される。その重い気持ちは葱の香りでも消せはしない。

「俺もタケも、毎日捜してるさ。タケは今からもう一度吉原に行ってみるそうだ、俺たちは吉原にも出入りができるからな。色々と聞いてはいるが、猿どころか、女の足抜けの話も聞かねえ。見世の恥はなかなか外に出さねえんだ」

ヤスは太い眉根を寄せて、小さく息を吐く。

「与太郎も最近じゃ侍に取り上げられて顔も広い。そっちでも捜してもらってるが……」

昔は花街の門番だった男も最近は刀持ちだ。おかげで行動範囲も人脈も広い。それでも、猿の行方の一端も掴めない。

ヤスはもう一度他の見世を当たってみると、そう言って台所から去った。

一人になると、台所は途端に広く感じられた。

一年前までは善治郎が一人で台所を回していたのだ。猿は新参者である。しかし、あの小さくも巨大な体が消えた今、台所は寂しいほどに広い。

善治郎はぼうっと、温かそうな鍋を眺め、葱まみれのまな板を見た。大きな庖丁も、桶も、猿がいた頃には賑やかな音をたてていたものである。

（ああ、調子が狂う。一年前にゃ、いなかった娘だってのに）

実際、不思議な娘だった。

顔はまずい、口も悪い。しかし彼女は不思議と、周囲の人間の悩みを解いた。絡まった糸を引き裂くのではなく、ゆるりと揉みほぐすように解いていく。不思議と彼女と触れると悩みがほぐれて一本の道筋が見えるようになる。

そんな、不思議な力を持った娘だった。

誰も口にはしないが、皆、猿に救われている。だからこそ、必死に捜すのだ。そして寂しがり、悲しがりもするのだ。

（……寂しい、か。俺も焼きが回ったもんだ）

善治郎は苦笑し、ヤスがいたずらに切った葱を鍋に投げ入れる。

鍋には出汁がたっぷりと張られていた。その中に不格好な葱を落とし、生姜を嫌になるほどどすり下ろす。

そこに塩を少々。それに大きな卵を溶いて流し込めば、早い夜食の完成だった。善治郎は欠けた木の椀に熱い酒を注ぎ、その上から卵葱汁を注ぎ込む。ぷん、と酒の香りと出汁が混じり合う。口に流し込めば、喉の奥がぎゅっと焼けるような味がした。

半生の葱が、奥歯のあたりでしゃりしゃりと音をたてる。

「……葱がでかすぎらあな」

「仕事中に酒なんざ、いい身分だ」

ふと、声が背中で弾けた。その声に、善治郎の背が思わず伸びる。

「お……あ……ああ……枯葉か……」

「猿じゃなくって悪かったね」

……あわてて振り返れば、そこにいたのは枯葉だった。

「別にそんなんじゃねえよ。それに酒じゃねえ。卵葱汁だ」

善治郎は気まずく、頬を掻く。

「……寒いだろ、お前さんも飲むか」

「いただこうかね」

彼女は意地悪げに顔の皺を深くして笑う。

枯葉の手には、じゃらじゃらと飾りのついた熊手が揺れている。

そういえば、常連の男たちの手にも似たようなものが握られていた。そろそろ酉《とり》の市《いち》の時期である。

「なんだ、熊手か」

「商売繁盛に酉の市の熊手をさ、妓夫《ぎゆう》のやつに買いに行かせてた。どこかに飾らないとね」

熊手を揺らし、枯葉は笑う。

「ふん、人出が多いと思えばそういうことか。今日は浅草も深川も、大入り満員だろうな」

「ほとんどの娘たちが大忙しさ。体力のつくものを作っておやり」

今日は娘たちもほとんどが客を取っている。祭りであれば客の財布の紐も緩む。家人の監視も緩くなり、花街はどこも賑わうのだった。

「枯葉、ひどく信心深いじゃねえか」

「ああ。商売繁盛だと娘が泣く。因果な仕事だ」

枯葉は白くなりかけた髪を指先で整え直し、寂しそうに笑う。

枯葉は見世の遊女たちを我が娘のように可愛がる。

可愛がりがすぎて、娘たちを傷付けた客には容赦はしない。そのせいで客足はさほどよくないが、遊女たちには懐かれている。

「相変わらず、過保護だな」

「大事な娘たちだからね」

枯葉と善治郎も知り合って長い。しかし一度として、妙な気持ちになったことはない。この女は善治郎の戦友だ。口が裂けても言うまいが、代わりに熱い酒と出汁をたっぷり椀に注いで彼女に渡す。

彼女は年とは思えない酒豪であり健啖家《けんたんか》だ。熱い酒と出汁を難なくぐいっと飲み干した。

「熊手を買いに行かせたついでに、祭りで猿を見かけなかったか、聞いてみた。しかし誰も見てないってさ。全く、手間をかけさせる娘だよ」

ふう、と枯葉は喉を鳴らしながら熊手を撫でる。

「今日なんぞ吉原の目も緩む。もし捕まっていても逃げ出せそうな具合だが……」

目に憂《うれ》いを浮かべた枯葉だが、善治郎に悟らせまいとするように首を振ってその色を消した。

「……しかし吉原で足抜けか。あの子も思いきったことをする」

二杯目を急かしながら、枯葉は赤い唇から酒臭い息を吐き出す。

「深川ならともかく、吉原は滅多なことでは逃げ出せないもんだが」

「随分知った口じゃねえか」

「あたしも昔は吉原の女でさ」

「ほ」

善治郎は椀に酒を注ぎ入れながら、目を丸くする。

「初めて聞いたな」

「初めて口を滑らせたのさ……今じゃこんなだけども、元はこれでも大店の娘でね。ただ、あたしが十五になった頃、親父が賭博《とばく》で爺さんからの身代を崩しやがった」

枯葉は椀を傾け、赤い舌で汁を舐める。まるで蛇のような女である。

「……あたしは親父の尻ぬぐいで吉原だ。夜鷹に落ちなかっただけ、ましだけどね。

昔は別嬪で鳴らした口さ、上客は皆、あたしと馴染みになりたがる」

「その吉原の遊女様がよ、なんだってこんな岡場所で遣手をやってんだ」

葱を噛む。白く固まりかけた卵を啜り、汁を飲む。

「人を一人殺してね」

彼女は飄々《ひょうひょう》と、そう言った。

善治郎は葱に咽《む》せ胸を叩くが、枯葉はびくりとも動じない。

「まだ幼い頃、あたしは店の丁稚《でっち》と仲良くやってたんだ。家が潰れてあたしが花街に連れていかれる時、あいつ、必ずお嬢様をお助けすると、そう言ってやがったっけ」

口の端に付いた葱を指で拭って、彼女は少し寂しそうに笑う。

「で。実際に、あたしの見世までやってきたのは三年も経ってからだ。やつは言ったさ、一緒に逃げたい女があると。隣には、若い新造の遊女が儚そうな顔で立っていやがった」

足元に冷たい空気が流れ込む。善治郎は椀を持ったまま、阿呆のように立ちつくす。

「……その娘、目を患《わずら》っていてね。こんな商売じゃ、まともな医者にもかかれやしない。可哀想で可哀想で、逃がしてやりたいんだと。必ずお嬢様を救い出すと言った丁稚がさ、その口でしゃあしゃあと言ったもんさ。この娘を逃がしてくれたら、俺は坊主になって二度とシャバには顔を出さないって啖呵《たんか》切ってさ」

「てめえ……殺したのかい」

「ああ。あんな薄情な男、吉原の周囲を流れるドブの中に突き落としてやった」

ははは、と、乾いた笑いで枯葉は空になった椀を置いた。

「ま、証拠があるでなし。一度は捕まったが恩赦で放免。全く甘いお役人どもだよ」

嘘か誠か。彼女の顔は泰然自若《たいぜんじじゃく》としたままで、心の底までは掴みかねる。

彼女はふと、まな板の上に山積みになっている葱を見て薄く笑った。

「葱が山盛りじゃないか。これに合わせるいい魚でもあるかね……祭りの夜だ。どこかの店は開いてるだろう、ちょっと声をかけてみるか」

背を向けた彼女の帯は紅葉《もみじ》の柄だ。秋らしいその色を見て、善治郎は思わず声をかける。

「しかしよぉ……も少しましな名前はなかったのかねえ」

「何」

「……枯葉」

善治郎はおそるおそるとその名を口にする。

初めて彼女の名を聞いた時、ひどい名だと思ったものだ。

彼女の背を彩るのは、美しく輝く赤や黄色の紅葉。しかし彼女の名は、盛りをすぎて落ちてしまった枯葉である。

経文付きの枯葉のことを、ふと善治郎は思い出した。

「せめて紅葉とかさ、綺麗な名前だったらよ」

「爺さん、紅葉の鬼伝説を知ってるかい」

枯葉はにやにやと笑いながら、積んであった盃に酒を満たした。

「鬼女の名前だよ。綺麗な女だが、盃に映った顔が鬼になる」

枯葉は盃を覗き込み妖艶に微笑むと、

「ほら、鬼の顔が映ってる」

と、ふざけて言って酒を飲み干した。

「紅葉ってのは、人殺しの鬼女の名前だ。それが枯れ落ちて枯葉になった。だから、今のあたしはこの名でちょうどいい……ちょっくら買い物に行ってくる」

からりと乾いた笑いで彼女は手を振り去っていく。

彼女が忘れていった熊手の飾りだけが、灰色の台所に華やかな色を添えていた。

夜も更けると、逆に花街は静かになった。

見世に入った男たちはことりとも音をたてない。格子窓から光だけが淡く漏れて、時折人影が揺れるのが見えるばかりだ。

こうなると善治郎の仕事も落ち着く。この時間、酒を頼むような野暮な男はもういない。

初雪でも降りそうなほど冷える外に出て、善治郎はぼんやりと格子窓ばかり眺めていた。

暗闇の中に浮かぶぼんぼりと、その灯りに照らされる紅葉。声もなく音もなく、押し殺したような三味線の音だけが響く、夜の花街は宵の頃よりもぐっと寂しさが募《つの》る。

（くだらねえ。涙もろくなってんだ。仕事も朝まではあるめえ、今日はもう、部屋で酒でも飲んで……）

善治郎は鼻を啜り上げて目をそらす。

最近は、何もかもが感傷的だ。秋の寒さがそうさせているのかもしれない。

（ここに突っ立ってても、猿が帰ってくるわけでもねえんだ）

「……もし」

夜の闇に背を向けた途端、善治郎は静かな声を聞いた。

ぎょっと目をむいて振り返れば、夜の闇に溶けるような袈裟姿がある。

まるで闇を切り取ったかのような、黒。

音もなく、そこに立っていたのは坊主頭の僧侶だった。

深川には、身寄りのない娘たちを埋葬する墓地があるが、そこで見かける坊主とは異なる。随分と年寄りの痩せた僧侶だった。

腰から数珠を垂らし、素足は袈裟に隠れていた。なぜだか腰には黄色い石蕗《つわぶき》の花が幾本か刺さっている。そこだけが妙に明るく、却《かえ》って不気味だ。

善治郎はじりじりと後ずさりながら、男の足元を必死に見る。

「お……おう。ここはよ、お坊さんの来るような場所じゃあねえぞ……」

生きた人間なのか、それとも幽霊の類か。

「ああ……驚かせてしまった。夜分に、申し訳ない」

彼の声を聞いた途端に善治郎はほうっと息を吐く。

朗朗と、力強い声である。

そして同時に、彼が手に持つ大きな葉に気づいたのだ。

それは、乾いた巨大な葉。ちらりと見れば、細い筆で何やら書き込まれている。それを見て、善治郎の恐怖が不意に消える。

「てめえか……その……妙な経を置いていくのは」

「ここの女将《おかみ》さんに、かつて命を救われたものです。かねての約束が叶ったので、恥ずかしながら顔を出した次第です」

彼は手にした葉を恭《うやうや》しく、掲げ持つ。

そして低い声で念仏を唱え、入り口にその葉を置いた。

大きな手を合わせ、彼は深く頭を下げる。

数珠が、からりと触れ合う音がした。

腰から吊るした石蕗の黄色が、彼に寄り添うように揺れている。

「女将……枯葉のことか？　生憎《あいにく》、今は出てる。すぐに戻るからよ、中に入って」

「いえ、会うなどと……大それたことは考えておりません」

男は目を細め、手を合わせる。

「……いつか坊主になり、お嬢様のために百巻の写経を行うと……恩をお返しすると」

彼の声は朗朗として静かだ。善治郎は目を丸くして、動きを止めた。

しゃん、しゃんとどこかの部屋から三味線が響く。女の含むような笑い声が、漏れてくる。

「この一枚が最後の百枚目。ようやく、ようやく、願いが成就いたしました」

「まて、まさか、てめえ丁稚の……生きてたのか」

「もとより。殺されてもおりません」

声の詰まる善治郎を見て、男は笑う。その顔にも体にも一つの傷もない。

善治郎はつい先ほど聞いた枯葉の話を思い出す。

……彼女が殺した丁稚の男は、生きていればちょうどこの年の頃だろう。

「あの人は、私と、鶴を……遊女を逃がすために、水に大きな石を二つばかり落としたのです。もう何十年も前のことですが」

男はぽつり、と語る。

仕えた家が潰され、そこのお嬢様は吉原に売られた。いつか救うと約束したが、同時に救いたい娘がもう一人できた。病がちな下級の遊女である。放っておけば死んでしまうと、迷いに迷った。

「このことを告げるとお嬢様は……」

男の口から白い息が漏れる。

「今からお前たちを殺すので、どこへなりとも行くが良いと。死んだと思われれば、追われることはあるまいと」

それは、何十年も前の秋の頃。

「血のように赤い紅葉が土手を飾っておりました。ひらひらと舞い散る紅葉が川を一面に赤く染めていました。お歯黒の川（吉原の遊郭を囲む川の通称）は深く遠く、娘を連れては逃げ出せない。お嬢様は、迷うことなく、川に向かって大きな石を」

坊主は腕を振り上げ、石を落とすような真似をする。

どぼん、どぼん。二回だ。人が落ちたぞと誰かが叫び、あたしが落としたのだと女が叫び返す。落とされたぞ、殺しだ、女が人を殺したと、誰かが騒ぐ。悲鳴と狂騒の中、若い男と病弱な女は闇に紛れるように花街から飛び出していく。

残されたのは、彼らの逃避行《とうひこう》を祈る一人の遊女だけである。

「鶴って娘は」

「一昨年、身罷《みまか》りました」

坊主は寂しそうに、しかしきっぱりと笑顔を浮かべた。

「幸せな一生であったと、そう思います」

「この経文は」

善治郎はふらふらと、見世の影に隠しておいた葉をかき集めた。こんもりと、葉が積み上がる。男は最後の一枚を、その上に乗せた。

「吉原から上がったお嬢様がどこへ消えたのか、何年も捜しておりました。そしてようやくこの場所を見つけたのです。しかし到底合わす顔などなく、ただ、経文を」

「俺ぁ、怖くてよ……不気味で……隠しておいて悪かったな」

善治郎は照れるように、その経文の山を見る。あれほど恐ろしかった葉の山が、今ではすっかり綺麗なものに見えた。

「いえ、おかげで捨てられずに済みました。こうして紅葉様のために祈ることができます」

「……紅葉様？」

聞き慣れぬ名前に戸惑い顔を上げると、彼は頭上に広がる紅葉を見上げて手を合わせ頭を垂れる。

まるで輝くように美しい坊主である。これほど清浄《しょうじょう》な男を、善治郎は見たことがない。

「私どものせいで苦界に落ちた紅葉様を案じておりました。二度と顔を見せぬと約束をしながら、隠れてでも紅葉様のご様子を窺いたかった。どのような地獄に体を焼かれているのかと、眠ることもできませんでした。しかしこれで安心して眠れます。皆……良い方ばかりだ。この街は、まこと幸せな……香りがします」

「まて、その紅葉というのは……」

「お嬢様のお名前は、紅葉様……今は何と名乗られているのか分かりませんが、私の中ではただただ美しい、紅葉様。どうぞ、あの方を……よろしくお願い申し上げます」

盛りをすぎた赤い紅葉が一枚、はらりと散って経文の上に静かに落ちた。

「ああ、残念だ。祭りの飯でも残っていると思いきや、芋くらいしかもらえなかった」

枯葉が戻って来たのは、坊主が経を唱えて去った直後のこと。

彼女は腕いっぱいに赤い芋を抱え、その色に負けないほど鼻の頭を赤くして駆け込んでくる。

善治郎はあわてて坊主の姿を捜すが、袈裟姿はまるで煙のように消えていた。

百の経文が書かれた葉だけが、そこに山積みとなっている。

枯葉は葉を蹴り上げて善治郎の前に立った。

「ああ寒い。雪でも降りそうだ。爺さんも、ぼけちまったのか。こんな外でぼうっとしちまって」

「遅かったじゃねえか……枯葉」

「行った先で長話に付き合わされてさ」

枯葉が持つのは大きな唐芋だ。ねっとりと甘い香りが漂って来そうなほどに赤い色をしている。

「どうだい、旨そうだろう。蒸せばきっと甘くて旨い」

二人の会話が聞こえたのか、近くの窓がひょこりと開いて娘が顔を出す。目尻の下がった優しげな女だ。

「お母さん、あたしの部屋にも届けておくれよ」

「ああ。あんたは今日、休みだからあとで持っていってやろうね。寒いんだからさ、窓閉めてあったかくしておきな」

枯葉の言葉に、娘は嬉しそうに窓を閉めた。赤い光がぽつりと揺れて女の影が重なる。声は明るいが、影は物憂げに見えた。

「……花街に落とされた女が、あどけない女達を売るんだ。因果な話だねえ」

芋を抱え直して、枯葉は言う。その足は、葉をかき回し、潰し、蹴り上げる。闇の中に、葉がきらきらと舞った。善治郎はあわててそれをかき集める。

信心などどこかに置き忘れてきたような善治郎でも、祈りを込めた葉が蹴り飛ばされるのは心が痛んだ。

「しかしこの娘たちは、てめえが優しくて良かったと言ってるぜ。無茶をさせねえってな」

「そんなものは、世辞だよ」

「……いや、実際よくやってるさ」

「今日はひどくよく回る口だね」

「さてな、猿に感化されちまったかねえ……ん？」

ふと、善治郎は彼女の蹴り飛ばした葉を見る。

目をこらして見ても、どこにも経文など書かれていない。一枚、拾い上げると、それは塵のようにかさりと音をたてて消えていく。

「どうしたんだい、狐に化かされたような顔をしちまって」

目眩《めまい》を覚え、善治郎は枯葉の着物を掴む。

と、恐ろしいほどに彼女の体は冷え込んで、裾と膝あたりには泥がこびりついていた。

長く、どこか湿気《しけ》った場所に座り込んでいたように。

「……枯葉よ。てめえ、抹香《まっこう》くせえな」

そして着物の裾からは、何かが香る。

その香りは、よく知っている。

燻《いぶ》された線香の香りだ。その香りは、枯葉の着物に、腕に、染みこんでいる。

「てめえ、長話に付き合わされたなんぞ嘘だろう……もしや、誰かの墓参りに」

気がつけば、地面には乾いて縮れた葉ばかりが、山のように積み重なっている。

あれほどまでに細かく書かれていた経文はかき消えて、そこにあるのは古く大きな葉ばかり。触れると崩れて消えていく。どれも古い……古い葉だ。

先ほどの坊主の姿はすでにない。

いやそもそも、今の時刻は客の出入りは厳禁だ、朝まで木戸は開かない。

……では、あの男はどこから来たのか。

「おい、枯葉、お前、坊主の……」

「田舎ならこの落ち葉で火をつけ、芋が焼けるんだがね。こんな場所で火なんぞつければ、お役人がすっ飛んでくる」

枯葉は地面に積もった葉をちらりと見て、目を細める。

そしてその足で、葉を踏み散らかした。

「てめえバチがあたるぞ……これはな」

「いいのさ。罪の多い女を救うような経は、とっとと焚いちまうほうがいい」

足先で再び葉を蹴り上げて、枯葉は娘のように笑う。

「てめえ、これが何か分かって」

しかし枯葉は答えもせず、たつみ屋の玄関をくぐっていく。

「てめえ……ああ、これは」

追いかけようと腕を伸ばすが、彼女の着物の裾よりひらひらと舞い散ったものを見て、善治郎は動きを止める。

「黄色の石蕗の花」

つまみ上げると、まだ瑞々しい花だった。その花からも、線香が香る。

「……そうか、坊主。てめえは、もう」

彼女のあとを追うように、低く念仏の声が聞こえた気がした。その音もやがて見世から聞こえる三味線の音と、男女の密かな睦みの声にかき消される。

呆然と立ちつくす善治郎の顔に冷たいものが触れた。

「雪か……」

見上げれば、闇の中に白いものがちらちら混じっている。

——初雪だ。

やがて赤い葉も全て散り、大地は雪に覆われる。そんな季節がやってくる。

冷える指先をすり合わせ、善治郎は着物を深く被る。まるで亀のような姿で、きっと猿が見ればひどく笑うのだろう。

……猿がいれば今日の事件、どのように解決しただろうか。と、善治郎はふと思う。もの悲しいのも、ひどく冷えるのも、不思議なことが起きるのも、全ては猿がいないせいだろう。

（だからな、猿）

善治郎は落ち葉の山を眺めて目を細めた。

（早く帰ってこい）

空を見上げて口を開けば白い息。

間もなく、この猿のいない大黒に冬がやってくる。

汁粉《しるこ》

暮れの忙《せわ》しない空気が、街を気怠《けだる》く包み込んでいる。

間もなく一年が終わろうという清らかな空気。

それを、乱雑な足音が汚した。


女の怒号が飛び交い、どこかの娘が窓から湯飲みを投げた。赤い湯飲みが地面で割れると、やんややんやの喝采と、帰れ帰れの大合唱だ。

晦日《みそか》の空気に似合わない賑やかな音に驚いて、枯葉は階段を下って玄関へと駆けつけた。

「一体なんの騒ぎだい……あぁ」

言いかけて、枯葉は目を細める。

枯葉は自然に裾を揃え、唾で濡らした指先でほつれた髪を整えた。これでも昔は吉原で育った女である。

不穏な空気が肌に触れると、自然と背筋が伸びる。

「おや、兄さんがた。またお越しで。悪いが今日はもう店じまいだ」

見世の入り口に陣取っていたのは、堅気とは思えない男である。

頬に傷、寒風に晒された腕には色鮮やかなもんもんが輝く。見せつけるようにことさら腕を捲り上げているのが滑稽《こっけい》だった。

「女を買いに来たんじゃねえ、娘を捜しに来た」

「ここにはいないと言ったじゃないですか、しつこいねえ」

「ふん、白々しい婆だぜ」

男は白い額に青筋を立て、枯葉を睨む。

……もう数ヶ月も前になるだろうか。数人の男たちが、ここ大黒の花街に押し込んできたのは。

彼らが捜しているのは、吉原で一人の遊女を足抜けさせた「醜女」だった。

吉原で料理番をしていた醜女は遊女を一人足抜けさせて、自らも逃げ出したのだという。

その醜女こそ、ここ大黒で猿と呼ばれた娘である。

彼女は男たちの来襲を受けた数日後に姿を消した。

それ以来、音沙汰《おとさた》がない。皆が必死に捜したが、行き先はようとして知れなかった。

口も悪く顔もまずい娘だが、確かに彼女はこの大黒に灯りをともした。

妙に人を惹きつける娘である。誰もがそれは認めており、彼女がいなくなった途端、街は光が落ちたように寂しくなった。

（……こいつらも、あの子の居場所を知らないのか。使えないやつらだ）

枯葉は舌打ちを抑え、無難な笑みを浮かべて見せる。作り笑いと泣き真似は昔から得意だった。

しかし男は枯葉の心中など気づきもせず、地面に唾を吐きつける。

「とうに調べはついてんだ。ここの見世の台所に、醜女の娘がいたってな。前はまんまと逃げられたが、今度は逃さねえ。さあ、出してくんな」

男は腕を捲り上げ威嚇する。男の額についた傷が、赤く光って皮膚に浮かび上がった。

その傷跡を見ながら、枯葉は小さく息を吐く。

（こんな年の瀬に面倒なことだよ）

むしろこちらこそ猿の居場所を聞きたいくらいだ……と出かかる言葉をぐっと堪えて、枯葉はわざととぼけてみせる。

「それは不思議な話だねえ。お前さんたちの捜す娘など、うちには本当にいやしないのさ」

「騙されねえぞ、たぬき婆め」

男は大きな体を枯葉に向ける。そのまま、上《あが》り框《かまち》にまで無粋に足を踏み込んだ。床に付いた土の色を見て、枯葉は苛立ちをぐっと呑み込む。

「本当のことさ。ここには別嬪しかいないもんでね」

「母さん、そんなやつ、追い払っ《っ》ちまいな」

階段の上から、娘が男に悪態を吐いた。

「帰れ帰れ。てめえのような男はこの大黒にゃいらないよ」

「晦日の今宵は客は取らぬが花街の掟じゃないか。吉原にいるくせに、そんなことも知らねえのか」

一人が言葉を吐けば、近くの娘も追従《ついじゅう》する。男はぎょっと目を剥いた。吉原に慣れた男に、深川の女はアクが強すぎる。もとより、このような男は遊女たちには嫌われていた。

「か……構うものか。ここで待たせてもらう」

強がりながらも、男は怯えるようにきょとりと頭を蠢かした。

「あんたが構わなくてもこっちが構うんだ。分かってるだろう、明日の正月は娘たちの貴重な休みだ。そんな日に、あんたたちのような男に居座られちゃあ迷惑だ」

周囲はすでに暮れつつある。

晦日の夜は夜半をすぎればもう客は取らない。深夜に掃除をして年神《としがみ》を迎える用意をし、明日の朝にはすっかり正月の顔だ。

正月の言祝《ことほ》ぎに娘たちは彩られ、雑煮《ぞうに》を食べ、女同士で酒を飲む。

羽子板だの正月の着物だの、遊女たちは久々の休みの用意にいとまがない。限られた場所でしか羽を伸ばせない彼女たちにとって、正月は楽しみの一つであった。

「誰かヤスを呼んでおいで、タケでもいい。ええい、もう面倒だ、誰か箒を持ってきな、あたしが追い払ってやる……」

正月の楽しみを前に、遊女たちの口撃は激しさを増す。誰かが箒を振り上げて、ぎゃあぎゃあとカラスの子のように騒いでいた。

枯葉は冷えた腕をさすりながら、開いた戸の向こうを見る。

「本当にねえ。正月の用意に忙しいんだ。勘弁しておくんなさいよ、兄さんがた」

……深川の花街も、すっかり暮れの空気である。夜が更け、闇が深い。提灯だけが、ぽかりと浮かんでいる。

「いないと言っているのにまた押しかけて……そんなに兄さんがたを怒らせるような真似をしたのかね……その娘は」

猿は、と言いかけ、枯葉は言葉を抑えた。

遊女たちも息を潜めて耳を傾けているようである。

すると男はどこか気まずそうに、額を押さえて舌を打った。

「……今朝、急に顔を見せたと思ったら見世で大暴れをしやがった」

「……ほ」

「が、逃げられた」

「へえ」

枯葉は開けっ放しの戸に手を伸ばし……その手を止めた。枯葉は自然な具合に足を寄せ、じりりと扉の側に立つ。

「生きていた……いや……じゃあ、まだ吉原にいるんじゃないのかい」

「いや、どの見世にもいねえ。羅生門河岸まで捜したが、煙のように消えちまった。あの娘、信じられない女だ。俺の見世なぞ、正月の用意どころじゃねえ……」

男は枯葉の動きにも気づかないのか、とうとうと、事件を語った。

今朝方、吉原に現れたその女。まるで嵐のように暴れて、見世を半分も壊したのだという。

「それだけじゃねえ。大坂から届けられたお上納品の……御用会符《ごようえふ》の付いた餅を根こそぎ持っていきやがったんだ」

そう言った男の顔色が青く染まる。今日、ここに押しかけてきたのはそれが理由だろう。御用会符といえば、早舟《はやふね》に付けられる札のことだ。

それが付けられたものは幕府お偉方の荷物であるので、どの荷物よりも優先して届けられる。どこかの高官が見栄で、吉原に荷を運ばせたのだ。それを、猿がかっぱらった。

天晴《あっぱれ》と噴き出しそうになるのを堪えたせいで、枯葉は神妙な顔になる。階段の上では女たちが堪えきれないように肩を震わせるのが見える。

「なんでえ、何がそんなにおかしい……」

「おやおや」

それを見た男が怒りの表情を浮かべるが、飄々とした声が降ってくる。

「……暮れだというのに、賑やかなことだねえ」

その声の方を見て、枯葉はほっと息を吐く。

「ああ、歌さん。全く、困った兄さんが、またおいでですね……」

二階に繋がる階段の途中、薄い着物一枚羽織っただけの歌が音もなく立っていた。色が白く線が細い、薄闇の階段に立てばまるで現実感がなく、彼自身の描く絵のような男だった。

手鎖の刑は解けたが、まだ赤い腕を晒したまま、平然と階段を下ってくる。腕には黒い子猫が一匹、金色の目をこちらに向けている。

猿が消えて以来、彼の顔は昔のように鋭くなった。睨まれると、ぞっとする冷たさがある。

「もう正月が来たのかと思ってしまったよ。賑やかなこと」

「なあ絵描きの兄さんよ。てめえも知ってるはずだ。噂に聞いている……」

「噂？」

歌の目は細く、表情に変化がない。今もまた静かに、尋ねてきた男を見ただけだ。

冷たい歌の目線に、男はおどおどと目をそらす。

「どんな噂だろうねえ。あたしはとかく噂が多い男でね」

「ふ……ふん。言ってろ。兄さんよ。お前さんがかつて袖にした吉原の娘を覚えているか？　女の執念は恐ろしい。お前さんを捜して、あちこちの版元とねんごろになった。そして噂を聞いたとさ、どうも一年前くらいからこの街に、妙な女が住み始め、それが兄さん。あんたと良い仲だと、そう言うじゃないか」

男は言いながら興奮してきたのか、歌に顔を突き出す。女たちが顔を青くし、枯葉は思わず男の腕を掴みかけた。

しかし男の腕をむんずと掴んだのは、別の腕だ。

「兄さんがたよ。よその見世の玄関で暴れるってのが、吉原の礼儀かい。俺ぁ吉原で遊んだことはほとんどねえが、今度てめえの見世で同じ遊びをしてやろうか」

腕を捲って吉原男の手を掴んだのは、爺の手だ。しかし普段庖丁を扱う腕は、見た目よりも鍛えられて強いのである。

「善さん……」

その顔を見て、枯葉はほっと息を吐く。そこにいたのは善治郎だった。

老いた男だが、かつては刀を持った武士であったという。その凄みがいまだに体に染み付いている。

腕を掴まれ臆《おく》したか、男は一瞬たじろいで襟を正す。

「ふん……別に乱暴でもなんでもねえ。本当のことが聞きたいだけだ。こっちも手がないわけじゃなし。調べてみたのさ。その娘、見世の料理番とも仲良しこよし、お出かけだってお手の物。髪結いから門番まで手なずけて、この深川に馴染んでいたらしい。俺の友も、それを目にして耳に聞いている」

とん、と男は額の傷に指を当てた。

「こいつはあの醜女にやられた傷だ。ひどく舐めてくれたもんだな。顔を潰されてこのままじゃ……」

「ああ。ここには色々な女がいる。兄さんの求める女も、いたかもしれないねえ」

つい、と歌が滑るように男の顔を覗き込む……いや、男の肩あたりを覗いている。

「……おやおや……まだ、いるよ」

その声は静かで、笑みを含んでいた。

「描いてあげようか」

腕から猫がするりと抜け出した。歌が猫の代わりに掴んだのは真っ白な紙に筆。墨の染みこんだその細い筆先が、男の返事も待たずに紙の上に滑り出す。

「なんでえ……」

「あたしは昔から変なものに好かれやすいたちでね」

歌の手は早い。喋る間に、紙の上には一人の女の絵があった。

「ほら、これがお前さんのお友達が見た、あたしと仲良しの女じゃないのかい」

「ひ……」

歌の描いた絵を覗き込み、男が悲鳴を噛み殺した。枯葉も絵を見て、息を呑む。

……そこには半分腐りかけた女の顔がある。

「この街は女の涙と悲鳴と苦しみもがく声でできている」

一枚、もう一枚、歌は素早く筆で紙をなぞった。

そこに描かれるのは、高級な着物をまとい、救いを求める痩せこけた女、嘆く女に、花魁結いをした骸骨《がいこつ》。

いずれも美しい面影があるからこそ、残酷な絵である。

「あたしの筆は、それをなぞって描くんだ。浄《きよ》めるなんて綺麗なもんじゃない、それでおまんまを食うのさ。それを分かっているのか、女たちもあたしの筆に寄ってくる」

男の顔色はすっかり悪い。歌の描いた絵の女に見覚えがあるのか、気味が悪そうに横目でその絵を見ては目をそらす。

しかし歌は気にせず、男の前に絵を突き出した。

「描いて描いてと声が聞こえる。おや、兄さんの近くにもまだ愛らしい子がいるねえ……知っているかい」

滑るように描くそれは、美しい女の顔。

「色の白い、頬に小さな……ほくろのある」

愛らしい頬、小さなほくろ、優しい笑み。

「……首には絞められたような赤い痕」

しかし、首から下はやせ衰えた骸骨だ。それを眺めて、歌はにたりと笑った。

「兄さん、女相手に随分とひどいことをしておいでだね……おや、どちらへ？」

歌に煽られた男はすでに倒れそうなほど、挙動がおかしい。

彼は真っ青な顔のままで踵を返すと、仁王立ちする枯葉の隣を通り過ぎる。

「兄さん、どうするんで」

「帰るぞ。今日はもういい、晦日に暴れるもんじゃねえ……」

男が呟くと、彼の後ろにいた他の男たちも不安そうに顔を突き合わせる。

男の体はふらふらとよたついて、足元も目にも入っていないだろう。

そんな彼の背中へ、ふ、と笑みを浮かべて歌が言葉をかける。

「もう帰っちまうのかい。つまらない。お前さんの肩にはあと数人ばかり、綺麗な顔の女がまとわりついているよ。赤い着物に、藤の帯……あとは面長の泣きぼくろ……」

「じゃ、邪魔したな……」

歌の言葉が最後の背を押した。

逃げるように闇の中に去っていく男たちの背に、わっと遊女たちの歓声が湧く。その声に目覚めたように、枯葉は叫んだ。

「爺さんっ！　塩もってきな！」

「もう撒いてるよ」

真っ黒な闇にぱっと白い塩が舞う。それを見て溜飲《りゅういん》を下げる枯葉だが、歌といえばすっかり表情をなくし紙と筆を放り投げていた。

こんな恐ろしい絵でも、何両もの値が付く。しかし鬼気迫るその絵に触れるものは一人もいなかった。

「ああ、つまらない。つまらない」

「……歌さん、いまのは」

「昔っから、気がクサクサすると変なものばっかり見えてしまう」

歌は冷たい廊下にひたりと腰を下ろして宙を見る。そこに妙なものが浮かんでいるふうに感じて、塩を持った善治郎が怯えるように身をよじった。

「……あの子がいる間は、見えなかったのに」

ぽつり、と歌は呟く。

「最初は、深川の空気が良かった。ここなら変なものがいない、だからここに住み着いたのに」

思い返せばこの歌が深川に住み着いたのは数年前。

ある日突然、大黒の街に姿を見せて、枯葉も見たこともないような大量の金子を置いて言ったのだ、「ここならば、まだ恐ろしいものが少ないようだ」と。

そう言って歌はたつみ屋に入り込み、二階の奥の間を占拠した。

思えばあの頃の歌はなにかに取り憑かれているような、そんな風貌だった。今よりずっと細く顔色も悪かった。

「でも、そのうちに、また見えるようになった。深川でもだめなら次は品川にでも行こうかと思った矢先に、あの子が現れた。あの子がいれば、怖いものは見えない。何も見えない。なのに」

「あの子って……猿のことかい」

「つまらないねえ……」

歌の耳には枯葉の問う声など聞こえていない。

ここ最近、歌はこの調子だった。

飯はなんとか食うものの、量はすっかり減った。元々痩せ形のところ、さらに痩せた。

女も近寄らせない。ただ部屋に籠もって、絵ばかり描いている。それも恐ろしい絵を。

「ああ。つまらない……」

あまりにもその姿が哀れに見えて、枯葉は思わず見世の入り口に向かって声をあげた。

「もう。見ていないで出ておいで」

「……」

返ってきたのは、風の音だ。しかし、人の気配がそこにある。

枯葉は正月用に飾り立てた玄関を、ちょいと蹴り飛ばした。

「こんな歌さんを見てもまだ、だんまりかい。無理に引っ張り出してやろうか。あいつらから、必死に隠してやったじゃないか。出て来いって言ったら、ちゃんと顔を見せるんだよ。それが礼儀ってもんだろう」

枯葉は苛々《いらいら》と叫ぶ。元来、気が長いほうではない。

返答が聞こえる前に、枯葉は扉の隣に手を差し込んだ。逃げようとするその体をひっ掴み、そうして力一杯引きずり出す。

「なんだい、小さいくせに重いね。次逃げ出してご覧、漬け物石にしちまうよ」

ずるりと、玄関先に転がされたのは黒い固まり。

それは数ヶ月ぶりに見る、猿の姿だった。

「猿……？」

その瞬間、皆がぽかんと口を開けた。

皆の視線を一斉に浴びて、猿は気まずそうに膝を抱える。

それはあまりに滑稽すぎて、枯葉は笑いをぐっと堪えた。

枯葉が彼女の存在に気づいたのは少し前。吉原の連中が声を荒らげるその時、玄関の陰に隠れる彼女を見つけたのだ。

飛び出すか出るまいか迷っている彼女を、枯葉は体で隠し通した。しかしいつまでたっても猿は出てこようともしない。

引っ張り出す際に掴んだ腕が随分と痩せているようで、枯葉は少し切なくなった。

一体この数ヶ月、どこで過ごしていたものか。

「猿！」

最初に声を出したのは善治郎である。

「てめ……てめえっ……一体どこをほっつき歩いて……」

善治郎は声を詰まらせ叫び、その声は途中で鼻声となった。

「……猿？」

叫ぶ善治郎の声で目が覚めたように、歌が立ち上がる。先ほどまでは、ススキのように力なく揺らめいていたというのに、彼は駆け出すと、枯葉の体を押しのける。

「歌さん、ちょっと、いきなり走ったりして……」

細い体のどこにそんな元気が残されていたのか。歌は上がり框を飛び降りると、座り込む猿の体をぐっと抱きすくめた。

「わっ。何だてめえら、気味が悪い」

久々に聞いた猿の声は、かすかに掠れている。言葉もなく抱きついてきた歌を押しのけ、まるで困った犬のような顔で彼の腰をぐっと掴む。

「てめえまた痩せたな？　おい。ぜんじろ、あたしがいない間、飯を食わせなかったのかっ」

階段の脇に集まってきた遊女たちが、妬心《としん》と諦めの悲鳴をあげる。開け放たれた扉から、冷たい風が吹き抜けたが、熱さにとろけるようだった。

「食わせてたよ！　歌さんのそれは、てめえを心配してのことだろ。なんて……なんて口をききやがる」

歌はまた、無言のまま猿を抱きすくめる。女たちの悲鳴はますます高くなる。枯葉が歌を引き離そうとしても、頑として離れない。

「まあ、歌さんタコみたいに引っ付いて……でも、今回は猿が悪いよ。何も言わずにいなくなるんだ。今は皆出払っていないが、明日はもっと囲まれるから覚悟しておきな」

今日は晦日のせいか、顔馴染みの男たちはほとんど留守にしている。普段は賑やかな見世が少しばかり寂しいのはそのせいだ。

覗き見をする女たちを追い払い、枯葉は猿の肩を掴む。やはり少し痩せたようである。

「……で、どこに行ってたんだい、猿」

「吉原に……まあ今朝のことだが」

答えないだろうと思ったが、猿は存外素直に答えた。

そして気味が悪そうな顔をして、枯葉と善治郎を見つめる。また体に張り付いてくる歌については、諦めたようである。

「なんでえ、ちょっとばかし出掛けただけで大げさな。ああもう、じろじろ見るな。あたしが何をしたってんだ」

「ああ、もういいよ。おめえみたいな女、他に見たことねえ。俺が飯を作ってやるから歌さんと部屋に引っ込んでろ」

「……じゃあ餅でなにか作ってくれよ……ああ、温かいのがいい。雑煮は明日にするとして、そうだな、今夜は汁粉がいい」

「帰ってくるなり、うるせえガキだ」

善治郎が涙ごと鼻を啜り、背を向ける。その背に向かって猿が、硬い塊を放り投げる。

「見てみな。餅の足抜けだ」

彼女が足元に積み上げていたのは、大量の餅だった。よくぞここまで持ち帰ったものと、感心するほどの量が積まれている。呆れて手に取れば、ずしりと腕に沈み込むほどの重量である。

木でできた札が餅の上で揺れている。これがお上の御用会符だろう。

お上の印に守られたそれは、江戸ではとんと見かけない、珍しい丸餅であった。

「まだ表にたんとあるぜ。餅を運ぶのに駕籠を呼んだんだ。あまりに重くって、駕籠持ちまで驚いてやがった。どうだい、大黒もこれで正月餅に困らねえだろう」

猿は自慢そうに胸を張るのだ。

「大量に盗んできたね」

「ふん。女一人救えなかった罪滅ぼしだ」

猿は鼻を鳴らして拳を見せつける。岩のようにゴツゴツとしたその手には、赤い血がこびりついていた。

「一応昔は世話になった見世だからよ、しっかり礼をしてきてやったのさ。正月前だ、さぞ困ってることだろよ。で、あがりを分けてやろうと深川に戻ったら、やつが来てるじゃねえか。こちとら餅で身動きが取れねえ。やつが出て行く時に餅でぶん殴ってやろうと構えていたら、婆が出しゃばってあたしを隠しやがった」

「猿」

猿の肩に顎を乗せ、歌が子供のように眉根を寄せた。

その白い頬を子猫のように、猿の顔にすり付ける。

「お、歌。てめえも餅を食え。汁粉を三杯は食え。流し込んででも食わせてやるから覚悟しろ」

「いやだ」

「なんだと、てめえ」

先ほどまで漂わせていた不気味な色は消え、歌はすっかりと子供のようだ。そうだ、歌は猿の前に出ると、まるで子供なのである。

「……あたしは、猿の作ったものじゃないと食べない」

「うるせえぞ」

口を尖らせる歌を見て、猿は冷たく吐き捨てる……が、やがて困ったように頭を掻き、そして餅を背負った。

「……いいよ。作ってやるから、おとなしく待ってろ」

晦日の夜に穏やかな風が吹く。

それは数ヶ月ぶりに感じる穏やかな風だった。


「……昨年逃がした吉原の娘はさ、あたしのさ、妹みてえな子だったんだ」

温かな湯気がふわりと揺れる。それは夜の空気に白く馴染む。

「好いた男ができた。逃げたいと言われて手伝った。無事に逃げ切れたはずなのに、あの子は山で死んじまった」

猿がふう、と息を吹きかける赤い椀にはどろりと黒い汁が浮かんでいた。夜の闇を溶け込ませたような、艶のある黒である。

枯葉も善治郎も歌もみな、黙って同じ椀を手に取る。鼻を近づけると湿気《しけ》ったような甘い香りがした。

それは、正月用の小豆の皮を丁寧に剥いて煮込んだ汁粉だ。

黒砂糖を入れた汁粉の中に、焼いた餅をそっと沈めた。こちらではあまり見かけない丸い餅は、晦日に昇る月のようである。黒と白が晦日の夜によく似合う。

善治郎が仕込んでいた小豆を遠慮なく使い、彼女はあっという間に汁粉を作り上げた。

山のようにあった餅は花街中の見世から七輪を借りてたんまりと焼いた。それを遊女たちはもちろん、妓夫《ぎゆう》や男衆にも振る舞い、晦日の夜は祭りのように沸いた。

それもやがて落ち着き、すでに遊女たちも正月前に休みの支度に入りつつある。

そうして歌の部屋、集まったのは猿に枯葉、善治郎だけだ。

冷えた空気でぴりりと肌が痛いほどだ。しかし手元の汁粉は温かい。

「ああ、美味しい」

枯葉は素直にそう呟いた。

甘いものは苦手だが、猿の作る汁粉は不思議とするすると喉を通る。

添えた昆布の白い塩が、甘さを上品にする。

「……死んだのは相手の男も一緒だ。どうも、親から結婚を反対されてのことらしい……白布で首を巻かれて娘は死んで、男は見事に腹を切り裂いていたってよ。苦労も知らねえガキのくせに、最後は男をみせやがった」

餅を噛み、汁粉を啜り、彼女が口にするのは悔恨《かいこん》である。

人間も生きていれば後悔の一つや二つはするものだ。しかしまだ若い娘が悔恨を口にするのを見るのは悲しかった。

「逃すのを手伝わなければあの子は生きていたのかもしれねえが……」

猿は呟きを、餅と一緒に飲み込んだ。

彼女は吉原で、養父に育てられたと言っていた。

氏《うじ》より育ちとはよく言ったもので、彼女の性格は義父から継いだのだろう。つまり、人のことを放っておけない。ついつい口が出て手も出る。

自分の命に替えて可哀想な娘を逃がしたというのに、その娘は呆気なく死んだ。

「まあ、それでも立派なもんさ。世の中にゃ、死にてえ死にてえといいながら死なない輩《やから》は山のようにいる。あいつらは本懐を遂げたんだ、あたしにゃ真似できねえ……でもな、何も死ぬことはなかった」

汁粉を舐めながら、枯葉は目の前の娘を見る。

彼女は胡座をかいて、膝小僧を丸出しにしたまま汁粉を片手で飲んでいた。顔に涙はないが、心の中ではひどく泣いたに違いない。

高級な柔らかい餅を噛みしめながら、枯葉は自分の過去を思う。

枯葉とて、平穏にここまで来たわけではない。

平穏に生まれ落ちたが、やがて吉原に売られ身を汚した。

枯葉が惚れた男は別の女を選び、その二人を救うために枯葉も少なからず手も汚した。

だというのに、今は娘たちを男に売る因果な商売をしている。

善治郎だって歌だって、まっすぐにここまで来たわけではないだろう。

それでも普段は笑って過ごすのだ。年の瀬くらいは口を閉じ、しんみりと汁粉を啜るのも悪くはなかった。

「助けた命をどう使おうが構わねえ。でもあたしは怒る。墓で罵ってやらなきゃ気がすまねえ。さんざん墓で怒鳴り散らして、それでも怒りが収まらねえから、吉原で一つ暴れてやろうとそう思った」

「暴れるんなら、俺も呼べ。楽しそうなことを一人でしやがって」

「ぜんじろなんぞ足手まといだ」

猿は鼻を鳴らし、行儀悪く箸をカチカチと鳴らす。そして気まずそうに顔を俯けた。

歌が恨みを込めた目で、じいっと猿を見つめているのである。

「猿。墓参りを済ませて暴れるだけならすぐに終わっただろう？　なんでこんなに何ヶ月も、あたしを放って留守にしたんだい」

歌は白い手でしっかと猿の着物の裾を握ったまま離さない。汁粉を食えといっても食わないので、仕方なく猿が食わせている格好だ。

「うるせえ。餅くらい一人で食え……まあ実のところ、墓参りに行ったのは、大黒を発《た》った翌日だ。その足で吉原に向かってたらよ、道中に困ってる女がいて手助けをした。助けるうちに、うっかり関所を越えちまってさ、仕方ねえから、峠で茶屋の手伝いと用心棒だ。で、気がつきゃ冬になってやがった。今年の恨みは今年のうちに返さねえと具合が悪い……と、気づいてな」

汁粉を啜り上げながら、猿は自慢げに言う。

「結局、伊勢帰りの連中に混ぜてもらって、江戸に戻ってこられたのが昨日のことだ。そのまま吉原で暴れて……で、今だ。別にお前らに不義理して顔を出さなかったわけじゃねえよ」

捲り上げた袖の中には一生残るような生々しい傷跡が見えた。

彼女の腕についているのは刀傷、それもなまくら刀で叩きつけられた傷だ。

善治郎が顔を背け、歌がその傷を手で撫でる。まだ痛むのか、猿の眉が少しだけ寄った。

「猿、あとであたしの部屋へおいで。ツケ代わりに医者から奪った良い軟膏《なんこう》がある」

「そのうち治るさ」

歌たちの反応も何のその、本人はどこ吹く風でむしろ自慢げですらあった。

「……なんで人を放っておけないかね、この子は」

「さあね」

また張り付こうとする歌の体をかわしながら、猿は頭を掻く。

女であることが信じられないほどに粗野な娘だった。色気などない、愛想もない、ただ、その言動は人を惹きつける。

「親父から受け継いだ、これが性分なんだろうよ」

猿は寒そうに手をすり合わせながら、呟く。彼女の着物はぼろぼろ、分量の多い髪は伸び散らかして、まとまってもいない。髪結いが見ればさぞ悲鳴をあげることだろう。

「吉原ではどれくらい暴れたんだい」

「ふん。しばらく商いできねえくらいだ。布団は水まみれにして、ネズミと蛇をよ、ぱあっとさ。知ってるか、冬の蛇を無理矢理起こすと、随分と怒るんだぜ……ま、明日は吉原も休みだ。その間になんとかするだろ」

「おおこええ。てめえを怒らせちゃなんねえな」

「そうさ」

善治郎がわざとらしく腕をすり上げると、猿は自慢げに鼻を鳴らす。

枯葉は、男の額に付いた傷を思い出して噴き出した。随分景気良く暴れたものだ。

「男たちはあたしに見世を壊されて、怒って深川まで追いかけてきやがった。これも生きてるからだ」

しんみりと、猿が最後の餅を一口齧《かじ》る。

「死んじまったら、どうしようもねえ」

「辛かったんだね」

「馬鹿みてえだろ」

すん、と猿が鼻を鳴らした。泣いているわけではないが、黒い目に悲しみが光る。

善治郎は言葉を止め、枯葉も言葉を呑んだ。その瞬間、歌が静かに囁いた。

「ああ、馬鹿だねえ、猿」

「……歌？」

歌が猿の顔に手を伸ばしたのだ。

猿の顔は四角いが、しかし頬は娘らしく柔らかい。その柔らかいところに歌の白い指が絡む。

「やっぱりだ」

猿の頬をつねり、乱れた髪に指を絡め、歌の目が細くなる。

「……近くにいると、妙なものが見えない」

「妙なものってなんでえ」

「怖い物だよ。ずるずると、あたしの体に這いずり回る」

普通の女であれば、顔の一つも赤くするところを猿は恥ずかしがりもしない。

ため息をつくと、彼女は歌の背に腕を回し、子供にするように背を撫でた。

「全く、ガキじゃねえか。ほら、これでもう怖くねえだろ」

歌が珍しく、ぽかんと目を丸くし、善治郎は激しく咳き込んだ。

しかし猿はちっとも気にもかけない。

「……鎖が外れたんだな」

猿は歌から離れると、ふと、彼の手元を見る。やせ細った白い腕には、可哀想なほどに赤い痕があった。手鎖の刑を受けていたが、見せしめの刑だったこともあって、鎖が解かれるまでひどく時間がかかった。

冷たい風が吹くこの季節、痛々しいほどに傷跡は赤い。

「絵描きの手を縛るなんぞ、ひでえやつらだよ」

赤く腫れた歌の手首を、猿の太い指が撫でた。その指先を歌の指が包む。彼は甘えるように猿の指を頬に寄せる。

妙に生ぬるい空気に、枯葉はさっさと汁粉の残りを飲み下す。

猿といえば、歌の目線にも気づかない。擦り寄った男の体温、そのかすかな色気にも気づかない。人の心の動きに機敏なくせに、自分に向けられる心の動きにはとんと無頓着だ。

「全く、猿はさるだ」

「なんでえ。さっそく悪口か、婆の口は相変わらずだな」

思わず呟いた枯葉の嫌味にも猿は気づかない。なので枯葉はわざとらしく顔を扇ぎ、立ち上がった。

「別に。ああ……あっつい、あっつい。寒いのに暑い。さ。行くよ善さん。正月の支度をしなくっちゃあね。明日はヤスも夕ケも来る、せっかくだ、武家屋敷から与太郎も皆呼んで、ぱあっとやろう。三河万歳《みかわまんざい》（正月の祝福芸）をたくさん呼んで、飲めや歌えやだ」

「えっあ、ああ……」

まだ汁粉を持ったまま、ぽかんと座り込む善治郎の耳をひねり上げると枯葉はとっと部屋に背を向けた。

「猿、気をつけな。うちの娘たちのやきもちは怖いよ」

「妙なことばっか言いやがる。なんでぇ」

相変わらず鈍感な猿の物言いを襖越しに聞き、枯葉は熱い頬を手の甲で擦る。

そのまままっすぐ玄関に向かい、暖簾を下ろす。と、そこに白雪交じりの風が吹く。

善治郎が撒き散らした塩が、雪風に混じって散って飛ぶのが見えた。

明かりの当たる場所は白いが、それ以外は全てが黒い。真っ黒に塗り潰されたようだ。

風の音に乗って聞こえるのは、静かな鐘の音。

一つ、二つ。いつもより、わざとらしくゆっくりと、澄んだ夜の空気に鐘が鳴る。

それは遥か遠く離れた増上寺《ぞうじょうじ》の鐘の音だ。

「ああ、鐘の音だ」

善治郎は老いた目を閉じ、耳を澄ませた。

「この年になっても、年が改まる時ってのは妙に気持ちが綺麗になるもんだ」
冷えた玄関に立ったまま、二人は何も見えない闇を見つめた。
（……ああ、年が替わる）
猿がここに来て、そろそろ一年が巡ろうとしている。
彼女と出会ったのは雪の深い朝である。さて、明日も積もるか、どうか。
神妙な心地となって、枯葉はそっと手を合わせる。
合わせた手のひらの上、白い息が闇の中に溶けて消えた。

八杯豆腐《はちはいどうふ》

早春の空にかかる朧月《おぼろづき》は、霧をまとって不思議と大きく見えた。

金色の靄が滲む様はまるで月が泣いているようにも見えるのだ。

(朧月……朧月……さて、古い物語にその名があったような……)

窓の隙間から空を眺めていた歌は、瞳を細めて空中に指を伸ばす。

手の先には乾いた筆が握られている。

そっと月をなぞってみても、月の色は筆には移らない。

「……ねえ歌さん、聞いておくれよ。あたしの恩人が死んだんだって」

空を見上げる歌の膝に、遊女の涙がそそと垂れる。

「うんと寒い朝さ、吉原のお歯黒ドブに浮かんでいたって……」

春とはまだ名ばかりのひどく冷えた宵の頃、歌の部屋で遊女が堪えきれぬように慟《どう》哭《こく》した。

すん、と鼻を啜って女は続ける。

「年寄りだが随分と綺麗な女でね。昔は大見世の花魁だったが、何かをやらかして最下級の切見世《きりみせ》に落とされた。それからは鮒《ふな》と名乗って客を取ってたんだ……なのになんの恩返しもできないまま死んじまうなんて……」

歌に寄り添って泣くのは、年増だが色の白い小肥《こぶと》りの女で、豆吉《まめきち》と名乗っていた。彼女自身も吉原の下級遊女が集まる切見世出身で、随分前に深川の花街に流れてきた。仲町などの有名な見世では使ってもらえず、流れ流されここ大黒に居着いた女である。

そんな彼女のきめの細かな手の甲に、涙がつるつる流れる。

肩で揺れる男物の羽織に、足袋も着けない白い足は深川遊女の心意気でもあった。粋の良さが売りの彼女たちは、啖呵はきっても涙は見せない。

しかし、今この部屋にいるのは歌をはじめ、猿や遣手の枯葉、善治郎、そして馴染みのヤスやタケだけだ。そのせいか、豆吉は素直に涙を流す。

「それは辛いね」

枯葉がぬるい酒を舐めて、呟く。

「そんな話をこんな寒い夜に聞くなんざ」

冷える夜には理由もなく、誰かの部屋に集まることがあった。

特に今宵のように客の入りが少ない日は、誰彼となく一つの部屋に集まって、火鉢で酒など温めてだらりと夜が更けるまで語るのだ。

その賑やかな部屋の音に惹かれてやってきた豆吉は、唐突にはらはらと泣きながら語り始めたのである。

歌は彼女の肩を支えつつ、尋ねる。

「豆、それはどんな恩人だったんだい」

「あたしがまだ吉原にいた頃、悪い男に騙されて金を吸い上げられているのを助けてくれたんだ。切見世の女で、鮒婆さんに助けられなかった女はいないよ」

光と色彩で鮮やかに塗りたくられ、大輪の花とも例えられる吉原は、その明るさ故に影が生まれる。際たるものが、吉原の奥に広がる切見世と呼ばれる場所だ。

狭い部屋に布団だけが敷き詰められた場所で、男たちは線香が尽きるまでの時間、女を買う。女は女で男たちを逃すまいと彼らの腕を引っ張る。それでついた名前が羅《ら》生門河岸《しょうもんがし》。

ひどい名を付けられたそこは、年季が明けて行く場所を失った女や見世を追い出された女が集う。

豆吉が言うには、数年前よりそこに鮒婆さんと呼ばれる年寄りが住み着いて、若い女の面倒などをよく見ていたという。

その女が、死んだ。

こんな寒い日、吉原の周囲を流れる黒いドブに浮かんで、死んでいた。

色もぬけ、髪はほつれ、痩せた体には薄く氷が張っていたという。

「じゃあ、その鮒婆さんは足でも滑らせちまったのかねえ……こんなに川も冷たい時期だ、溺れるのも仕方がない……」

二階では誰かが爪弾いているのか、泣くような三味線の音が切れ切れに響いている。

皆、酒を飲む手を止めて痛ましそうに女を見つめていた。

豆吉はきっと眉を上げ、皆を見渡す。

「違う。溺死じゃない。陸で死んでいたのを、誰かがドブに落としたんだってさ……罰当たりもあったものだよ」

先ほどまで客を取っていたその娘は、首筋からまだ色香が滲み出ている。

窓を風が揺らし、隙間風が彼女の首筋をさらに白く染めた。

「豆吉、今の話、客から聞いたのかい」

枯葉が戸惑うように豆吉の背を撫でると、彼女は鼻を啜った。

「馴染みのお医者様の客が教えてくれたんだよ。なんでも今朝、吉原に呼ばれて、女の体を診たのだとか……そこで聞いた噂などもつらつらと口を滑らせたんだ。あたしの恩人とも知らず……普段は仕事の話なぞしない方だがね、今日みたいに寒い日は酒で温まって口が緩くなるんだろう。今はすっかり高いびきで眠っておられる」

「可哀想になあ。お医者様も、そんな赤裸々《せきらら》に言わずとも優しく伝えてくれればいいものを」

皆はそれぞれに戸惑い慰め背などをさすっているが、歌はただ女の顔を眺めるだけだ。女の泣き顔などはさして珍しいものではない。

こと、花街のような場所ならば女は毎日のように泣いている。

慰め方を知らない歌は、ただ彼女たちの絵を描くことでその代わりとしていた。

(豆吉か……数年前に描いたことがある)

歌はぼんやりと、女の顎を眺める。でっぷりと脂の乗ったその横顔は不思議な色気があった。

(昨年は、も少し痩せていたが随分と肥えたものだ。きっとこの見世の飯が旨いからだろう)

歌は豆吉の横顔を紙に描き出す。その上にも彼女の涙の滴が垂れて、まるで絵の中の豆吉も泣いているようだ。

歌はこうして、花街の女を描いて飯を食っていた。

歌の描く絵にはいくらかの値段が付いた。一度はお上に目をつけられて手鎖の刑なども受けたが、却《かえ》って箔が付いたと版元は喜び仕事が増えたほどである。

その金で、歌はこうして花街で暮らしていた。

歌はふと、自分の手を見る。

昔は骨ガラのような腕だったが、ここ一年は少しばかり肉が付いた。その柔らかな手首を、歌は薄く微笑んで撫でる。

（……あたしも肥えたもんだ。猿の飯が旨いからだろう）

「随分慕われた女みたいだが、葬式も出してもらえねえのか」

ぐい、と猿が歌の背後から顔を覗かせた。

「それが……」

豆吉の目から、また涙が溢れた。

歌は窓から差し込む月明かりばかり見つめている。

行灯をつけずとも、絵が描けるほどに月の明かりが眩しい夜である。

「……せめて線香の一つでもと頼んだのに。投げ込み寺で他の遺体と一緒に土に埋めるなんて、ひどいことを言うんだ」

「そいつはひでえ。そんな婆さん相手ならもう少し、まともな弔《とむら》い方もあろうってもんだろう。どこの寺か分かってんのか。なんなら俺たちが、なあタケ」

「そうだな。俺等がちょっと走って豆坊の代わりに線香の一つくらい。吉原なら浄閑《じょうかん》寺《じ》だろう、なんてことはない、すぐそこじゃねえか」

髪結師の男たちは腰が軽い。さっそく立ち上がろうとするのを、豆吉が青い顔をして止める。

「それがね、立派なお寺にゃいれてもらえないんだって……外れにある、もう誰も住んでない……」

豆吉は指を噛み、言いづらそうに俯く。その先は言葉にならない。

「いくら切見世の女だって、そんなひどい扱いがあるかい……」

吉原のまだ向こう、田畑の広がるその奥に森があり、そのまた向こうに荒れた寺がある。すでに住職などはなく、荒れるに任せた寺である。昔は遊女の墓などあったらしいが、それも野犬に倒されカラスに蹴散らかされた。

化け物や死んだ遊女の幽霊が出るという噂があって、昼でも不気味な寺である。

それを聞いて、ヤスとタケの顔が一瞬青ざめた。

「あんな荒寺か。それこそ鬼が出るって噂があるところじゃねえか」

「……それにもっとひどい噂を……聞いたんだ」

しかし豆吉は不安そうに、小指で涙を拭い、その指を小さな歯で噛んだ。

昔、悪い男に一生の愛を誓って小指の先を切り落としたことがあるという。そのためか、指の先は小さく欠けている。それが却《かえ》って艶めかしかった。

……目が、遠慮がちに歌を見上げる。どこか迷うような目である。

「噂ってなんだ?」

「その鮒婆さんの噂が……」

豆吉の玉虫色の唇が震え、濡れたような黒い瞳が歌をまっすぐに見つめていた。

しかし歌といえば、目の前の白い紙に、気紛れに女の顔を描いては散らかしていく。

(ああ、虫がうるさい……)

りいりいと、虫の声が響く夜である。

早春とはいえ、虫が目覚めるにはまだ早い季節である。

虫など鳴くはずもない。だというのに、耳障りなほどに虫の声が聞こえる。月が眩しすぎる。今宵は、妙に胸騒ぎがする。

窓を見れば、白い手がひらひらと揺れている。

……そうだ。いつもこんな夜には、妖しいものが歌に近づいてくる。

鬼か幽霊か。その正体を歌は知らない。

足のないものもあれば、顔のただれた女もある。子供もあれば、男もある。彼らは一様に、歌の顔を覗いては腕を引く。

描いてほしいと、歌にすがりつく。

「おい。歌？」

猿の体がふと、歌の背に寄り添った。

……それだけで、妖しい影がぱっと霧散した。

歌は顔を上げる……先ほどまで、側にあった妖しい女の腕も、崩れたような赤子の姿ももうどこにもない。

猿が側に来るといつもこうだった。彼女がいるだけで、妖しいものは消えてしまう。

「どうした。具合でもわりいのか」

囁くような声だ。しかし歌はぼんやりと首を振る。

「別に……」

化け物は消えたが、虫の声はますます大きい。耳を塞ぐように、歌は顔を背ける。

「その……ね。噂っていうのがね……」

　豆吉が、呻くように言葉を濁す。気遣うように歌を見上げる。その意味ありげな目線に、歌の背がぞくりと冷える。

「鮒婆さんは……歌さんのおっかさんだって……そう言うんだよ」

　……なるほど、これは虫の知らせというものである。


「おい」

　一座がしん、と静まりかえった。その隙に、タケがつつ、と歌に近づく。耳元で彼は遠慮がちに囁いた。

「……歌さん……たしか、昔……母親は遊女だと」

「そうだね」

　歌は平然と紙を一枚広げる。筆で紙をなぞれば、やがてその線は遠い思い出にある母の顔となる。

　見上げるほどに背の高い、綺麗な女だったことを覚えている。常に胸を張り、重い着物も飾りものともせずに歩いた。気に入らなければ客にさえ罵声を浴びせた。

　笑う顔は、豪快《ごうき》だった。今思えば、吉原よりも深川のほうが合っていたかもしれない。そんな豪毅な女だった。

生きていれば、年寄りのはず。そして、羅生門河岸で女を助けることくらいはしただろう。

「……きっと、それはあたしのかか様だろうね」

歌は何事もないように、呟く。

心は一つも波打たなかった。覚えているのは幼い頃の記憶だけ。それ以来、母には会ってもいないのだ。

「おい、歌……冗談でも笑えねえことを言うな」

猿が気難しい顔で歌を睨む。

「豆吉が困ってんだろ」

「だって本当のことだもの」

歌は静かに、筆を撫でる。

「かか様は、幼い頃からの吉原育ち。良い女でね、引く手あまたの人気者。でも馴染み以外には体を売らぬを信条とした……でもある日、父親の分からぬ子を孕んだ」

周囲の動揺など気づかぬふりをして、歌は絵を描き続ける。数枚も描けば、遠い記憶に残る母の顔に近づいた。

歌が母の生き様や自分の出自について知ったのは、大人になってからのことである。

「見世の男衆とは揉めたらしいが結局産月まで粘って、ひり出されたのが、このあたしさ」

周囲は女に子をおろせと詰め寄ったが、女は頑なに拒み、自分の命さえも盾に取ったという。

母以外からは望まれず生まれた歌は、幼少期を吉原の光の中で過ごした。綺麗な女も汚い女も全て見てきた。女の涙も笑顔も怒りも、何もかもだ。

「あたしの育った廓《くるわ》には、絵の描ける女がいてね。その女に絵を学んだ。見様見真似で描いてみれば、女は皆喜んだよ」

思えばこの頃は、呑気な幸せ者であったように思う。

「……でも、七つの頃に厄介払いだ。あたしはかか様と引き離されて、遠い上方に……確か大坂の田舎に連れて行かれた」

歌は過去を思い返しながら紙をなぞる。筆でなぞれば絵が生まれる。この薄墨の絵が、歌を生かした。

生きていくための絵を歌に仕込んだのは、大坂の絵師である。

絵を学び、江戸に戻った頃には、母の行方はようとして知れなかった。羅生門河岸に落ちたのだと噂に聞いたが、そこに行っても母はいなかった。会うのを恥じて隠れているのだと悟ったので、それ以来、母を捜したことはない。

「歌さん」

豆吉が震える声で歌の名を呼ぶ。涙は乾いて、頬に綺麗な一本の筋を作っていた。それが月の明かりにきらりと映える。

「……鮒婆さん、今日の夜、他の仏と一緒くたに埋めちまうんだって……」

「行くぞてめえら」

何よりも最初に立ち上がったのは猿である。

彼女は帯を叩いて凛と立つ。そして皆を見回した。

「早く立ちやがれ。豆吉は部屋に戻ってな。おい歌、てめえは行くぞ。おっかさんに会わせてやる」

「いや。猿よ、落ち着け。こんな寒空に出て行くのは体に悪い」

しかし、猿以外は困惑をしたように誰一人動かない。

「そうさ。それに酔っぱらいの客の言葉は信用ならねえ。日が昇ったら、俺等が見てきてやるよ。そこで線香の一つもあげても遅くはないだろう」

いつもなら猿の一声にわっと動くはずのヤスやタケさえ渋い顔で足を組んだまま苦言を呈する。

その声を聞いて、猿は子供のように地団駄を踏んだ。

「は？　何だてめえら、明日の朝じゃもう土の中じゃねえか。寒いからだめだ？　何言ってやがる。こういうのに寒い暑いは関係ねえだろ」

善治郎と枯葉は顔を見合わせ、怒り狂う猿の手を掴む。

「そうだね。あまり大仰《おおぎょう》に騒ぐのもね……」

「まあここは、見世で線香の一つでも焚いて、客に坊主がいただろうからお経を唱えてもらえばいいさ」

その声を聞いた猿が、眼をかっと見開いた。足が床を踏みつけるので部屋が家鳴りを起こす。

「なんでえ、あの毎晩遊びに来る破戒坊主のことか。あんなのに念仏唱えられたところで成仏なんざするもんか」

「あたしも今日は猿に賛成だよ。なんだいっ、あたしの話を神妙に聞いておきながら、皆冷たいんだ！」

豆吉も猿の腕を掴んでやんやと叫ぶ。猿はぐるりと皆を見渡し、ぷいっと背を向けた。

「ああ、なんて野郎だ、見限った。てめえらなんぞ二度と頼るもんか」

「猿、どこへ」

「台所だよっ！　むしゃくしゃすっから、酒でも飲んでくらあ」

激しい音をたてて襖が閉まる。二階でゆるゆる響いていた三味線の、嫋《たお》やかな音が戸惑うように乱れに乱れた。

「……うた、うた……」

不気味な声が聞こえたのは、それから何刻経った頃か。

まだ夜も明けていない。とっぷりと更けた頃である。丑三つ時か。かたりと、襖が鳴って歌は浅い眠りから目を覚ます。

「……うた」

気づけば部屋に集まっていた人々は消えている。白《しら》けたような部屋に、残されているのは歌だけだ。

肌寒い空気と部屋の四方に固まる黒い影を見つめて、歌はゆっくり起き上がり、すっかり冷えた腕をさすった。

……一人で部屋に残されるのは、嫌だった。人の消えた部屋は寒く、悲しく、そして化け物が出る。

それは、ぞわぞわと壁を這う黒い影だ。苦悶する女の顔だ。

それが、皆、口を開いて歌の名を呼ぶ。

「……う……た……」

歌は乱れた襟も直さないまま、布団の上で頭を押さえた。

「……憎らしい。かか様と同じ声で呼ぶのだから」

歌は昔から、このような化け物に懐かれやすい。化け物たちは誰もいない時を狙って歌に近づいてくる。そしてあざ笑うように脅すのである。

だから、一人で過ごすのは嫌だった。

昔は遊女を連れ込み、お守りのように抱きしめて眠っていた。しかし女だけでは眠れない夜もある。

そんな時は犬を拾った、猫を拾った。獣で部屋をいっぱいにして眠るのだ。そのせいで「歌さんの悪い拾い癖」などと茶化された。

しかし、今はただ一人きりだ。虚しい腕の中に、冷たい闇が滲んで広がっていく。

（拾い物は多くしたが皆、そのうち逃げてしまった……）

歌は化け物を真正面から見据えて薄く微笑む。

（いや、一匹……一人だけ、逃げずにいてくれた……）

「……歌っ」

襖が再び鳴った。

その音に、声に、黒い影はびくりと震える。

「このやろ、一丁前に無視してんじゃねえぞ」

蹴りつけたのか、襖が激しく鳴る。その音と声に怯えるように、部屋の四方の黒い染みがざわざわと後退する。

歌の体にまとわりついた黒いものが、徐々に離れていく。悔しがるように畳を這うのは、人の手によく似ていた。

「歌、起きてんだろ、歌」

「猿。夜這いておくれかい。有り難いね、そろそろ人肌が恋しかった頃だよ。それなら部屋にあがって……ああ、帯はとかずにおいておくれ、それはあたしがしてあげたい」

「冗談を言ってる場合か馬鹿」

襖を開けば、廊下に猿が息を潜めて座っていた。廊下はしんと冷え込んで、物音の一つも聞こえない。もうすっかり夜は更けている。客と遊女の睦みごとも、今は終わって男のいびきが聞こえるばかりだ。

歌が廊下に顔を出せば猿の大きな手が、肩を掴んだ。

「……行くぞ」

彼女が言うのはそれだけだ。その一言だけで、歌の腹底が温かくなった。

「どこへ行く」

「寺だ。早くしねえと埋められる」

「猿は、あたしにかか様に会えと」

「当たり前だ」

「荒れ寺で、危険だと言っていたよ」

「あたしが付いてるんだ。あたしがなんとかする」

彼女の言葉はいつも短い。猿は歌を廊下に引きずり出すと、抜き足差し足階段へと向かう。階段の前にある遣手の部屋は襖がぴちりと閉まって音もしない。

階段を下る時、ぎしぎしと嫌な音をたてたが、人が起き出す気配もなかった。闇から闇への大移動だ。足元も見えない、猿の体しか見えない。しかし歌はにやけ笑いを堪え、その大きな背を掴む。

「よし……木戸は蹴り開けておいたから、抜けるぞ。なに、心配はいらねえ。大川に船を待たせてある。あいつに乗れば、あっという間だ」

ようやく大黒から外に出て、猿は楽しそうに笑った。そして懐から線香の束と、白い懐紙《かいし》を取り出す。

「豆吉が線香の束と綺麗な懐紙をよこしてくれた。なんでも、皆の金をより集めて、客に走ってもらったんだとよ。他のやつらは荒れ寺に怯えて逃げ腰だ、情けのねえ。だから歌は、あたしが連れていく」

まるで月の明かりを含んだような、綺麗な懐紙だった。受け取ると光が腕に染み入るようだ。

朧月はまだ天にある。先ほどよりも霧を含んで、いよいよ大きく滲んで見えた。

「寒いよ猿」

「あたしの半纏を着てな。あと、しっかり手ぇ握っておけ。迷子になるなよ」

歌の返答など聞くこともなく、猿はさっさと歌の手を掴む。台所の香りが染みこんだ半纏で歌の体を覆うと、彼女は勇ましい足取りで夜の道を行く。

月灯りの眩しい夜は、余計に闇が深く感じる。

しかし猿は怯える色一つ見せやしない。

小さな猪牙舟に乗せられて、静かに浮かぶ川の上。聞こえるのは水の音と、巡回する木戸番の声だ。しかし船員は慣れているのか、誰にも見つからないように闇を選んで川を進む。

やがて船は暗がりの岸に寄せられて、二人はぬかるんだ水辺から陸地に戻った。背を縮めるように船宿の間をすり抜けて、誰もいない道を駆ける。

猿はよほど目が利くのだろう。誰にも咎められない、目を付けられない。

遠目に見えるのは、提灯に輝く吉原の大門と見返り柳だ。それを横目に森へ抜けると、夜は一段と深さを増した。

「……まるで道行《みちゆき》みたいだねえ」

歌は口の中でそう呟いた。

男と女が手を取り合って、死へと急ぐ心中の旅。しかし猿と一緒であれば不思議と悲壮感はない。

夜の闇が、不思議と青くて眩しいばかりだった。

（……ああ、化け物が集まっている）

歌は猿の手を強く握ったまま目を細める。

人の気配はないくせに、森の奥に赤いものがちらちら見えるのだ。

人などいないというのに、人の笑い声が狂ったように聞こえるのだ。

薄い霜を踏み抜く音に、調子外れの三味線の音が重なった。

歌は冷たい風を避けるように身を縮め、前を行く猿の耳に囁きかける。

「知ってるかい、猿。こんな夜には化け物が出るんだよ。荒れ寺に着く前に、妙なものに取り憑かれるかも」

「はあ？」

しかし猿は動じもしない。目をきゅっと細めて森の奥を眺め、そしてせせら笑うのだ。

「……ああ、あれか、あれは稲荷《いなり》だろう、初午《はつうま》（二月最初の午《うま》の日）じゃねえか。初午で人が集まってるんだ」

猿が指す方角には、赤い光が漏れ見える。それは提灯の明かりなどではない。化け物が流す血の色だ。おどろおどろしい化け物たちが、揺らめいてこちらを見ているのである。

「猿はあれが初午に見えるのかい」

「稲荷の祭りだ。だって提灯が赤いだろう。ここは花街からも近いから、浮かれた客が夜中まで遊んでいるのだろうよ」

江戸中に溢れる稲荷の社は、年に一度の初午で盛り上がる。

赤い提灯を掲げ供え物を持った人々が稲荷詣《もうで》で賑わうのだ……が、それも昼の話だ。

夜中まで盛り上がるのは、おおよそ人間ではない。

しかし猿は疑うということをしない。彼女が道を歩けば闇が自ずから去るように思われた。

(ああ、やっぱりだ)

猿に手を引かれて進みながら、歌はぼんやりと彼女の背を見つめる。

(この子といると、妙なものを見ない)

歌は化け物のことを「妙なもの」と呼んだ。

あやかしと言うのか、幽霊と言うのか、正式な名を歌は知らない。

歌がこのようなものを初めて見たのは、母とともに吉原にいた頃だ。初めて目にしたのは確か、死んだ遊女の幽霊だった。

自分の姿を描いてほしいと幽霊に強請《ねだ》られて、歌は稚拙な幽霊絵を描き上げた。

それ以降、幼い歌の周囲にこの世ならざるものが溢れ出した。

幽霊たちはどこへいっても歌のあとをつけてくる。闇に引きずり込もうと腕を引く。

いっそ落ちてもいいかと思っていた頃に出会ったのが、猿だった。

彼女が側にいると、闇は戸惑うように逃げていく。今もまた、深夜の森に粘り付く霧のような黒い闇が、さっと払われた。

そして目の前に、荒れ寺の山門が現れる。

「なるほど、今日は初午ってえと、ちょっとくらい暴れても誰にも迷惑はかけないってこったな……おっと着いたぞ」

猿が用心深く足を止める。その勢いで歌の体が猿にぶつかる。まるで抱きしめるような形になったが、疎い猿は赤面もせずに歌を見上げた。

「ふん、吉原のが張ってやがる」

二人して山門の陰に隠れて、彼女が指さす方向を眺めれば、そこには巨体の男たちが十数名。

墓守《はかもり》でもなければ坊主にも見えない。その向こうには、暗い闇が見える。端に土が盛られているところを見ると、あそこに遺体が投げ込まれているのだろう。

鼻を動かしてみれば、つんと饐《す》えた香りが漂う。腐ったような香りではない。ただ、虚しい香りである。

「……見ろ、歌。あの間抜け面をさ。あたしが餅を盗んだ見世の男たちだよ。なるほど、これはあたしを引っ張る罠ってわけか……歌を揺すればあたしが動く。ははっ、大正解だ。あんな馬鹿にしちゃあ手が込んでやがる。ちったあ知恵があるらしい」

声も音もなく、男たちは潜んでいる。時折月明かりに反射するのは刀でも持っているのだろうか。いずれも大きな体に太い腕、その腕には青白い入れ墨が光る。

真っ当な男たちではない。吉原の女衒《ぜげん》か、用心棒。そのあたりだ。

しかし、猿は却《かえ》っておかしそうに笑うのだ。

「はは。なまくら持って何人集まったところで、結局は烏合《うごう》の衆《しゅう》だ。あんなもので、あたしが斬れるもんか。前の時、さんざん殴ってやったのをもう忘れたらしい」

猿が腕捲りをしていかにも楽しそうに笑う。

彼女が吉原の見世で大暴れを演じたのは、数ヶ月前の暮れの頃。

男たちの怒りは尋常なものではない。実はその後も彼らは、幾度か深川に乗り込んできていた。しかし上手く猿を隠していたので、今のところそれ以上の騒ぎにはなっていない。

いい加減、腹に据えかねた結果、吉原が罠を張ったのだろう。

行って隠されるのならば、出てくるように仕掛ければいいと。

「実際のところ、てめえのかか様が死んだかどうかってのも怪しい噂だな。豆吉の馴染み客の医者も、金で買われてるかもしれねえ」

「どうする？　帰るかい」

歌は小声で、猿に囁く。男たちはこちらに気づいてはいない。どこか待ちくたびれたように、怠惰《たいだ》な空気だ。

今ならまだ引き返せる。森の闇が味方をしてくれる。

しかし猿は首を振った。

「でも万に一つでも、あそこに歌のかか様がいるかもしれねえ。もし本当だったら、あたしは歌を連れていけなかったことを一生悔やむ。それくらいなら、あいつらぶっ倒して、穴の中覗くほうが幾分もいい」

「猿。あたしはめっぽう喧嘩が弱いんだ」

「知ってらあ。誰が絵師の手を使わせるかよ……なあ、歌」

猿の手が、そっと歌の手のひらを包む。

これほどひどい寒さだというのに、彼女の手は熱い。血の通った手である。

「色々とあったんだろうが、かか様はかか様だ。死んでしまったら皆、仏様だ。恨むなら恨むで、一言怒鳴ってきてやれ。懐かしいと思うなら、涙の一粒でも流してきてやれ。あたしがここで暴れてやる。その隙に、最後くれえは顔を見て別れを言ってこい」

「なんで猿は」

彼女の熱い手を、歌はそっと握り返した。

「そこまでしてくれる？」

「お前があたしを助けてくれたからだよ。お前が拾って、お前が再びあたしに庖丁を握らせてくれた。だからあたしは、お前にかか様の手を握らせてやる」

猿は小さく笑って歌の背を殴った。

……出会った雪の日、彼女を救おうと思ったのは気紛れだ。

しかし気紛れに救った猿は生きて庖丁を握り、歌に旨い飯を食わせてくれた。

彼女が側にいるだけで、妙なものの姿が遠ざかった。

そしてお節介な彼女はその大きな手で、歌だけでなく皆の手を引いた。

（……まるで）

その手は今まさに、歌の体を掴んで闇から引きずり出してくれる。

歌は猿の手を、頬に押し当てる。そこから全身に熱が通うようだった。

（千手観音《せんじゅかんのん》様じゃないか）

「覗いてみて、おっかさんがいなけりゃ、すぐ戻って来い。別の女の顔なんぞ描くんじゃねえぞ」

猿は歌を蹴るように前に押し出す。門の横を通っていけば、穴ぐらまでまっすぐに進める。そこには月明かりも届かない。代わりに、黒い化け物が腕を広げて歌を待ち受けている。

しかし、歌に恐怖はなかった。

膝についた土をはらい、立ち上がる。草履が冷たい霜を踏み、黒い影を踏みにじる。

「やい、やい、てめえら、女一人捕まえられず、こんな下賤《げせん》な罠を仕掛けやがって、恥を知れ恥を！」

歌が進むと同時に、猿の啖呵が静寂を破って響き渡った。振り返れば彼女は腕を捲り、胸を張って男たちの前に滑り出したところである。

その影を見て、半分眠っていたような男たちがわっと色めき立つ。

「あっ！　オカメの野郎、本当に出てきやがったっ」

「言ったろう、あいつは義父似で妙なところに首を突っ込みたがるのさ」

そう叫んだのは、いつか見世に押し込んできた男だ。彼は嬉々として酒を呷り、立ち上がる。

「さあ皆、好きにやっちまいな。どうせ死ねばその穴の中、全部埋めれば分かりゃしねえ」

男たちの数は想像よりも多い。皆、手に光るものを持っている。

前へ進もうとしていた歌だが、あまりのことに一度足を止めた。

「猿……」

思わず戻りかけた歌の腕を、誰かが掴む。

それと同時に、幻影ではない赤い光が荒れ寺の暗がりを撫でた。

「本当にあんたは馬鹿だね。本物の猿のほうがよほど賢い」

「こんな分かりやすい罠に自分から突っ込んでいくなんざ、本物の猿でもしねえよ」

そしてそちらの方から、まるで幻聴のように、知った男と女の声が響く。

提灯の赤は眩しく光り、それを持つ人間は黒い影だ。

吉原の男たちは突然の眩しさに戸惑って、すっかり酒の抜けた顔を見合わせる。

提灯の光に照らされ姿を見せたのは、顔に奇っ怪な面を被った一団であった。

「……おい、歌さんよ、あんまり顔を上げなさるな、上げなさるな」

歌の腕を力一杯引いた男は、ヒョットコの面を着けていた。

その声には聞き馴染みがある。

「善治郎？　なぜ皆、面などつけて……」

「しっ」

思わず声を上げると、男は歌の顔に白く冷たいものを押しつけてきた。

……それは、稲荷で売られる狐面である。

「名前を呼ばないでくだせえよ。黙ってこれを着けて」

見れば山門の下に立つ人々も、狐に能面、鬼の面を被っている。

鬼の面を被った女が嫌がる猿を無理に捕まえて、顔にオカメの面を押しつけた。

男たちは突然湧いて出たこの集団に驚いたのか、刀はだらりと地面に垂れたまま動く気配もない。

「さあさ、これを着けて、着けて」

顔に押しつけられた面の冷たさに、歌は腰をそらす。

「なぜ面を着けなきゃいけないんだい」

囁くように言えば、善治郎と思わしき男も小声で返した。

「人が来て見とがめられちゃ、吉原と深川の喧嘩になっちまう。それは面倒だ。それにちょうど今宵は稲荷の初午で、化け物どもの稲荷詣としゃれ込もうってわけでして。坊主も連れて来ましたよ」

善治郎によく似た声のその男は、低く笑って歌の背を優しく叩く。

数歩たたらを踏んで歌は振り返った。

狐の面の細い穴から覗く世界は、急に狭くなったように感じられた。

目前の世界は、闇。朧月。そして仮面を着けた奇妙な面々、呆然と立ちつくす吉原の男たち。

その周囲を取り囲むのは、黒い闇だ。化け物だ。

化け物たちは面白がるようにじわじわと、人間の周囲を取り巻いて、今にも飛びかからんと構えている。

しかし、オカメ面を着けた猿が一歩踏み出せば、怯えるように引く。

代わりに化け物たちは、吉原の男たちの身にまとわり付いた。

「善……ヒョットコ様はどこへ行きなさる?」

「久々に爺の腕を見せてやろうかと思いましてね。これでも昔は武士の出で、腕に覚えがあるのさ」

ヒョットコ面の老人は手に欠けた鉄の鍋を握り、裾を捲って男たちに向かっていく。

その代わり、歌の袖をちょいと引いたのは、タコの面を被った袈裟の男である。

「おやおや、絵師先生はそこにござったか。酒が回って、人の顔もよく分からん。まるで雲の上を歩いてるようだ。今宵は月が綺麗だね」

それは酒好きで有名な坊主だった。

すでに破門の身ながら、花街で経文などを唱えて歩いている。それで生計を立てている生臭坊主だ。彼はタコより赤い耳を夜空に晒して、時折しゃっくりなどを上げている。

「坊様。ひどく酔っぱらってるね」

「なんの、これしき。ささ行こう。歌さんのおっかさんとやらに、念仏のいっこも唱えよう。なに、こんな親孝行な息子と仲間がいるんだ、三途の川の奪衣婆《だつえば》だって、無体なことなんぞできねえよ……おっと、まだ行くのはやめだ。面白い前口上が見られるぜ」

歩きかけた坊主だが足を止めて地面に伏せる。つられて歌も冷たい地面に伏せて、邪魔な狐の面を少しずらす。

目の前では、まさに面の集団と吉原の男たちが真向かいに立ったところである。

「お前等、深川の」

突然現れた集団に一時は呆気にとられていた男たちも、ようやく正気が戻ってきたのだろう。

一人が腕を捲って前に飛び出す。と、代わりにこちらは長身の狐面が一歩前に出た。

「いやさ、我らはただの墓守。今宵こちらで墓荒しが出ると聞いて参った」

男はとってつけたような甲高い声を出す。隣の能面が噴き出し、それを鬼面の女が軽く殴った。

「ばかっ教えたろう、真面目にやりな！」

「ええい、ご覧じ……ごろうじろ……ええと何だったか……ええい、何でもいいや。てめえら、五体無事に帰れると思うなよ！」

「なんでえ、お前等、ぐちゃぐちゃ言ってたくせに結局来るんじゃねえか！」

「黙ってなこのオカメ！」

目の前の三文芝居を見て、タコの坊主は腹を抱えて苦しそうに笑う。

「だめだ、だめだ。あんな口上じゃあ、まるでだめだ。全くあいつは髪しか結えない」

「随分な、大根役者だねえ……」

歌といえば、呆れたようにその風景を見入るばかり。

狐面はヤス、能面がタケで鬼の面が枯葉というところだろう。

あまりの賑やかさに、寒さも土の匂いも何もかもかき消えた。

怒り狂う猿を遠目に見ながら、歌は坊主の袖を引く。

「猿の前では冷たい態度を取っておきながら、結局来たんだねえ」

「先ほど、台所の爺さんも言ってたろう。細々と、面倒なことがあるのさ。喧嘩を売ってきたのは向こうだがね、ご公認の花街に対して、子供みてえに喧嘩を買うのはまずい」

坊主は音を立てないように身を起こし、歌を手招く。その袖のあたりから、女の残り香がぷんと香った。

「まあ日頃の鬱憤《うっぷん》を晴らすにゃちょうどいい舞台だろ。本当は、行かぬふりをして、明け方にそっとここまで来るつもりだったらしいが、結局全面対決だ。でも暴れられて本望って顔で皆、喜んでるじゃないか」

「行かぬふり？」

「すぐに行けば罠にかかる。深川の……それもあんなちっぽけな大黒じゃどこに目がありがあるか分かったもんじゃねえ。だからこっそり裏から手を回して、馴染みの岡っ引きの一人でもここに送り、吉原のを追い払ってからゆっくり来るつもりが、猿のせいで計画はおじゃんだ……まあ、あの娘の性分を知っていたらこうなることは分かっていたはずだがね」

楽しそうにタコは笑う。笑いすぎて面がずれ、つるりとした額が丸見えになる。そこもやはり酒で赤く焼けていた。

「おかげでこちとら、夜中に起こされて大迷惑さ。まあ酔っていたって念仏のいっこくらい唱えられるさ。なむあみなむあみ」

ひょこひょこと、まるで踊るようにタコ坊主は闇の中を進む。

「だから面を着けたのかえ。でも下手な芝居で、吉原の連中には、正体が露見しているようだがねえ」

「まあ念のためよ。ほれ、猿だって楽しそうじゃないか」

タコ坊主の指す方向を見れば、猿が駆け出したところである。彼女の腕には、男の腕ほどの太い棒が握られている。

「怪我をしなきゃいいけどね」

「したところで、気にもしないよ、あの娘はさ」

歌は面を押さえたまま、その坊主の後を追った。闇の恐怖も寒さも全て吹き飛んだ。今、体を突き抜けるのは久々に感じる興奮だった。

（ああ、これは）

その風景には、どこか見覚えがある。

追う男に暴れる女たち。

（幼い頃の記憶じゃないか）

とん、と歌の中に合点がいった。歌が七つの頃、吉原から追い払われた日。その日、歌と母は手を取り吉原の大門まで走ったのだ。

こんな場所にいてはならない。きっと男たちにひどい目に遭わされる。と、母は大きな目を見開いて叫んでいた。

恐らく、歌を陰間《かげま》（男色を売る少年）の茶屋にでも売り飛ばす噂が流れてきたのだろう。だから母はその前に、歌を逃がした。

華やかな赤い提灯、女たちの化粧の香り、女たちの嬌声に、男から立ちのぼる酒の香り。

吉原を貫く仲の街の大通りを駆け抜けて、大門を抜けた。見返り柳の下で振り返った時、母は追っ手の男をひどく打ち付けていた。

細い腕で彼女は男を殴り、歌を見て腕を振った。

さあお行き、先の駕籠でお前の師匠が待ってるよ。大輪の花のごとく笑う母の背に浮かぶのは、泣くように滲む朧月夜ではなかったか。

（確か、その日も月の美しい夜だった）

歌の足が、震える。しかし坊主の背について必死に歩いた。土と草の音は、霜を含んでしゃりしゃりと硬い。まるで髑髏《どくろ》でも踏み抜くのに似た心地である。

ようやく壁から離れ、坊主は盛り土のあたりまで駆け、踊り出た。周囲に吉原の男たちの影はない。すっかり深川に手玉に取られているのだ。

坊主は穴を覗いて小さく経を唱えると、また飛ぶように戻って来る。

「歌さん、行こう。穴はまだ塞がってない。まあ男たちは向こうに夢中でこっちに気づきもしないが、念のため身を低くしておくれよ。狙われちゃ、俺と歌さんじゃどうにもできねえ」

振り返れば吉原の男たちはすっかり仮面の連中に気圧《けお》されている。刀を振るうがとんだなまくらで、背の高い狐面の男にやすやす蹴り飛ばされた。

オカメの面は長い棒を難なく振るって男たちの体を痛々しいほどに打ち付ける。その激しい音が一つ鳴るたびに、化け物の影は怯えるようにしゅうしゅうと消えていくのだ。

それは、朧月夜の明かりに溶かされるようだった。

男たちが悲鳴をあげた隙に、歌と坊主は赤土の山に身を伏せた。ちょうど、鼻先に穴が見える。

坊主は様子を窺うように顔を上げ、そして目を細めた。

「おや？　あそこは余計に綺麗だね。門のところに、明るい光があるじゃないか」

「侍だっ」

タコ坊主が言うと同時に、男たちがざわめいた。

「侍が来たぞっ」

男たちの言う通り、そこには巨体の男が立っていた。肩幅も腕も顔も大きい。顔には深い傷があり、片目は潰れ凄惨な顔立ちだ。面を着けてもいないのに、その顔はまるで鍾馗である。

彼は顔に似ない清廉とした香りを身にまとい、美しい刀を高く掲げた。

逃げようとした男の一人を、猿の太い腕が素早く掴んだ。

「逃がすかっ。二度と妙なことを考えられないようにしてやる！」

「おお怖い。本当に侍が来たよ。おや？　あれは、昔……門番をしていた男じゃないか。何かしらの縁で侍になったと聞いたが。いやさ立派になったもんだ」

歌はじっと、侍の顔を見る。その侍は与太郎だ。顔の割には妙に気の弱い、そんな男だった。

門番だったが、様々な事情から侍と縁続きになり仕官が叶ったのが昨年の話。

顔は、以前よりも清々しくなっていた。

「侍様がいるのなら、男たちがこっちに来る心配はないね……ああ、南無阿弥陀仏南無阿弥陀仏。穴の中にはひい、ふう、みい……五つの遺体だ。可哀想に、可哀想に。こんな寒空の中、穴ぐらで知らぬ女と重ねられて埋められるのは辛かろうに」

坊主は鼻を啜って、穴の中を覗く。歌もそっと、その闇を覗き込んだ。

まだ新しい赤土の、濁ったような香りの向こうに饐《す》えた香りが広がっている。甘いような、酸いような、そんな香りだ。人が物に還ろうとしている、その香り。

月明かりの差し込む穴の中に、青白い女たちの顔がある。

命のないはずの顔に、苦悶の表情が浮かんでいる。かっと見開かれた赤い目には、赤い涙が浮かんでいた。恨みを叫ぶ口には鬼の牙。

生きては苦界と例えられた遊女の一生は暗い。死してなお、報いはないのである。

歌が穴に近づけば、死んだ女の顔がゆがむ。歯を打ち鳴らすように笑うのは、幽鬼だ。この世ならざるものだ。

千切れた腕が宙を舞い、歌の身体にまとわりつく。

（……かか様は、どこにいらっしゃる……）

歌はあえて情を忘れて、穴の縁《ふち》に身を寄せる。その目に映るのは女の姿より、穴から湧き出す化け物の方がずっと数が多い。

（ああ、鬱陶しい。鬱陶しい。なんという数だろう）

この化け物たちは歌に何かを告げようと必死にまとわり付くのだ。

しかし、じっと耐えていればその嵐は去った。

歌は薄目を開けたまま、じっと耐える。薄く開けた目の向こう、浮かぶ化け物の影の中に、母の姿は見当たらない。

「いない。いないよ。いないから、もう帰ろうじゃないか」

「なあ歌さん」

早々に諦めたように穴から離れかけた歌の腕を、坊主が引く。

黄色く濁った目が、タコ面の穴から覗いていた。

「さっきの侍の話だが、あの男、門番の頃は気が弱く、刀も取れないような男だったじゃないか。それが急に、あんなに立派になった。善治郎も枯葉の婆さんも、ここ一年ですっかり灰汁《あく》の抜けた顔をしている。ヤスもタケも、昔みたいにウジウジもしていない。一体誰が変えたかねえ」

「……猿だ」

「あの子を拾ったのは歌さんだろう。良い拾いものをしたね」

数珠が転がる音と坊主の笑い声が静かに響く。

「……さて……歌さんは、変わったかい？」

歌は、ゆっくりと目を大きく開いた。

目の前にはやはり、女の死体と化け物の影。化け物の黒い手がうようよと手招くように揺れている。

幼い頃は化け物の姿に恐怖したものだ。

絵の師匠は、歌の体質を知ると二度と化け物を描かぬようにと釘を刺した。

幸いにも絵だけは得意だったので、化け物を無視して、女ばかり描いて過ごしてきた。

化け物に慣れた今もまた、見ないように顔をそらして生きている。

「そうだねえ……昔のあたしなら、嫌なことも恐ろしいことも全部目をつぶって過ごしてたが……久々に開けてみようか」

「あんたも見える口かい。坊主ならまだしも、絵師のあんたが見えちゃ邪魔だろうね」

「猿がいれば、化け物も姿を消すんだよ。化け物も、あの子がいれば近づいてこない」

「これは恐れいる。人だけでなく化け物も蹴散らすなんぞ坊主いらずだ……」

タコ坊主はちらりと、歌を見上げる。

「あの子が好きかい、歌さん」

「そうさね」

穴の中をじっと見つめながら歌は微笑んだ。

幼い頃から化け物を見慣れているからといって、平気なわけではない。いつ見ても、化け物は恐ろしい。いつ命を食われるものか、戦々恐々《せんせんきょうきょう》と怯えていた。

(猿がいれば、怖くない。そこに猿がいれば、何も怖くない……)

歌はそっと顔を上げる。月明かりの下で、まだ格闘は続いていた。明るく笑うのは猿の声、それに善治郎の低い声とヤスやタケの煽るような声が重なる。

その声が響くたび、化け物たちは身をそらす。

「猿がいれば……」

化け物の悪意に取り巻かれてなお、こうして目を開けていられるのは猿のおかげだ。

あの子の声が、足音が、側にある。

それだけで歌の目は開き、胸の鼓動《こどう》は落ち着くのである。

「……無事にここを抜けられたら、一緒になってくれとでも頼もうか。でもまだそんな経験がなくってね。誰かにやり方を、聞かなくっちゃいけないね」

「冗談抜きで、大黒中の女が泣くな。これは見応えがありそうだ」

歌の言葉を冗談ととったか、タコ坊主が笑う。が、急に真剣な顔をして歌の腕に触れた。

「あんまり長く穴に手を入れないほうが良い。決して良い空気じゃないぞ」

「……余計なものは多く見えるのに、かか様だけが見えない」

女たちは穴の中、乱雑に放り込まれている。いずれも小汚い着物ばかりなので、羅生門河岸から運ばれてきた女たちなのだろう。顔は土気色で、髪からは色が抜け、どの女も同じに見える……いや。

「ああ朧月とは、源氏の物語にあったのだった」

歌は呟く。滲むような月の明かりがまっすぐ穴に差し込んで、一人の女の顔を照らしたのだ。

「道ならぬ恋で光る君を破滅に導いた、女御様の物語」

思い出したのは古い恋の物語。光る君と女御との恋の秘め事は、朧月夜と美しい名を与えられた。

「……かか様」

女と女の間に、白い顔の年寄りがいる。そっと手を差し伸べ、その小さな顔を、頭を指で辿る。

顔には踏みつけられたような跡があった。陸で死んだものをドブに投げ込まれた……と、豆吉が語った言葉を思い出す。

(猿を引っ張り出す餌《えさ》に、投げ込まれたのかい)

無論、口も目も開かないが、その青い頬に見覚えがあった。その白い額に見覚えがあった。

両手で女の頬を支えると、化け物たちが怯えるように退く。

坊主の口から滔々《とうとう》と、経文が漏れたのだ。何を言っているのかは分からない。ただ唸るように高く低く朗朗と、張りのある声が静かに穴に吸い込まれていく。

「あなたはとうとう、あたしのとと様の名を言わなかったね」

その女はひどい死に様のくせに、どこか満足をした顔で目を閉じていた。穢《けが》れのない娘のような無垢《むく》な顔だった。

「多くの女を救ったのかい。満足そうな、顔で死んでる」

死ねば皆仏なのだと、猿の声が蘇る。歌はそっと女の白い髪を指に巻く。抜け落ちたそれを、美しい懐紙に包んで懐に収めた。

「かか様」

数十年振りに見た母の顔には、やはり若い頃の面影が残る。どの遊女よりも美しい女である。

彼女が恋をした男というのは、どんな男なのかと歌は考える。

道ならぬ恋だったのだろう。しかし母は身を引き、男を守った。その対価に愛の証である歌を産み落とした。

「……きっと、とと様も絵を描く男だったんだろうねえ」

色の抜けた額を撫でたあと、歌は懐から懐紙と筆と墨壷を取り出した。

「あたしは、とと様ほどうまくもなかろうが」

遠くから、猿の楽しげな声が聞こえた。縦横無尽に棒を振り回し、男たちを追い詰めているのだ。

割れた釣り鐘が、奇妙な音をたてて揺れる。きっと、誰かの棒きれが当たったのだろう。

その音に、経文が混じり合う。

ひどく賑やかな弔いの夜である。

「描いてあげよう」

さらりと筆を走らせれば、そこに若い頃の母の顔がある。笑顔がある。

墨で描いたはずのその絵が、やがてゆっくりと動きだし月の明かりにふわりと浮かんだ。

滲む月明かりの中、墨はゆらゆら揺れて一つの女の顔になる。

「……ようやく、顔が見えた」

歌は呆然と、宙を見た。それは母の顔である。彼女はいつかの笑顔を歌に向け、やがて天女のようにゆらりと月明かりを昇っていく。

見れば、先ほどまで蠢いていた黒い影も、それに倣って天を目指していた。

「死ねば誰でも、阿弥陀如来《あみだにょらい》様がお迎えに来てござる」

坊主は楽しげに、呟いた。

「遊女も役人も百姓《ひゃくしょう》も坊主も絵師も、死んでしまえば皆、平等だ」

「おおい、そこの狐ー！」

猿の明るい声に惹かれて歌が顔を上げると、東の空が薄く青白んでいる。

その淡い光に包まれて、彼女は男の一人を殴りつけて地面に沈めた。

猿の髪はほつれ、着物の裾はぼろぼろで、全身いたるところに泥がついている。満《まん》身創痍《しんそうい》だが、楽しそうに駆け回っていた。

吉原の男たちはすっかり意気を失い、這うように逃げるばかりだ。

「良かったなぁ！」

猿が腕を上げて大きく振った。仮面が落ちて素の顔が漏れる。彼女はなんと楽しげに笑っていることか。

「……良かったなぁ……」

その顔はなんと母に似ていることか。

「おい、役人だ」

誰が叫んだか、緊張感のある一声に高い笛の音が重なる。

「逃げろ、逃げろ」

深川も吉原も、同時にワッと沸き立った。逃げ出す吉原組の背に向かい、仮面の男女が石を投げつける。その向こうにちらちらと見える赤は、明けの光とはまた異なる。役人が持つ提灯の明かりだろう。

「行くぞ」

ぼうっと穴の側に座ったままの歌の腕を掴んだのはタケか、ヤスか。

まるで嵐のように、歌の体は深川まで運ばれた。

深川に着いた時、東の空より透き通るような朝日が昇った。

「タケたちが八丁堀と知り合いでさ、今日のことはお咎め無し。仏さんはこの近くの寺に移してもらえることになったぞ」

「……そうかい」

猿は丹念に歌の着物に付いた砂を払いながら言う。まるで砂から病気になるのを恐れるように慎重だ。

まだ明けたばかりの見世は静かだ。客を送り出した遊女たちは再び二度寝に入ったか、三味線の音も聞こえない。ただ、花街独特の明けの空気だけが漂っている。

「とりあえず今宵は吉原がとっ捕まったが、見世の恥だ。表立って何かしてくることはないだろう。嫌がらせはあるかもしれねえが、そのあたり、遣手婆がうまく話を付けるってよ。婆さん、ああ見えて顔が広い。だからもう何の心配もいらねえよ」

猿に手招かれ、着いた先は歌の部屋。その中にはいつの間に用意されたものか、二膳の飯が湯気を上げている。

「……猿も一緒に食べるのかい」

「これはお前と、かか様の飯だ」

膳は二つ。向かい合わせに置かれていた。一つの椀の蓋を取ると、柔らかい出汁の香りが鼻を包む。

湯気に顔を撫でられて、歌は呆然と猿を見上げた。

出汁の香りの中、四角く切られた豆腐と米が柔らかく煮込まれている。

その香りは、いつか冬の寒い日に嗅いだものだ。

「煮豆腐かい」

猿を拾った日、彼女は出汁と豆腐で簡単な煮豆腐を作ったのだ。しかし今日の煮豆腐は緩く崩れてとろりと艶がある。

「八杯豆腐っていうんだ。細長く切った豆腐を出汁で煮込んで葛《くず》でとろみを付けるんだが、葛がねえから米を少しばかり入れた」

眺めていると、出汁の湯気と醤油の甘い香りで歌の腹が鳴る。

そういえば、随分と動いた割に何も口にしていないのだ。

「いつ作ったんだい」

「行く前に支度だけしておいた……お前さ、食わしてやりてえ……って、いつか言ってたろう」

猿が煮豆腐を作ってくれた日のことを、歌は思い出す。

あの温かな汁を口にした日、歌は遥か以前に別れた母の顔を不意に思い出したのだ。

食べさせてあげられたなら……と、なぜかそう思ったのだ。

「あれは、かか様のことじゃねえのか」

猿は大きな椀を歌の手に取らせると、肩を張って襖の向こうに飛び出していく。

「絶対てめえら、中に入るんじゃねぞ。入ってみろ、殴るからな。なんでえ飯が食いたい？　ぜんじろに作らせろ。ああ？　ぜんじろは寝ただと、あの耄碌《もうろく》くそ爺、寝付きだけはいいんだから……仕方ねえ、飯を作ってやるからここは覗くんじゃねえぞ……」

どすどすと、激しい足音と声がどんどん小さくなっていく。残されたのは静けさだけだ。

歌は懐にしまっていた懐紙を取り出すと、向かいの膳の前に置く。

そして、そっと手を合わせた。

周囲には、いまだに黒い闇のようなものが這っている。窓の外には血を流した女も見える。天井からは皮を剥がれた化け物がぶら下がり、悲しみの声をあげている。

一人でいる時は、いつも目を閉じていた。

目を開けるのは、女を抱く時。そして絵を描く時だけだ。

一人で部屋に残されるのも嫌だった。

しかし、歌はもう目を閉じない。ただ箸を取り、目の前の膳に話しかける。

「賑やかな娘だろう。あれでいて、料理の味はなかなかだよ……うん、あたしが随分と気に入ってる。あの娘が姿を消した時は、地獄のようだった。あんなに悲しかったのは、かか様と別れて以来だったよ。一度、かか様にも会わせてみたかったが……」

そして手を合わせ、目を開く。

「かか様、数十年振りに一緒に飯を食べようか」

目の前に、母の顔の幻覚が見えた。


「久々に、かか様と飯が食えた」

温かな胃を撫でながら、歌は壁に背を押し当てた。

朝の日差しが差し込む部屋は、穏やかな空気である。

そんな彼の部屋に、猿が戻ってきた。

「食ったなら少し寝ろよ、歌」

「どうも体が熱くって眠れやしない。あんなに動き回ったのは初めてのことさ。体の芯に熱がこもっていけない。猿が添い寝をしてくれるなら眠れるかもしれないね……」

ちらりと横目で猿を見上げてみても、鈍な彼女はその目線の意味も理解しない。

「冗談を言える元気があるなら上等だ」

猿は満足そうに空っぽになった皿を見つめる。その顔を眺めて、歌はさらりと筆を動かした。

「猿、気分がいいから絵を描いてあげようね」

「……なんでえ、猿じゃねえか」

紙に描いたのは、黒い小猿だ。こちらを見つめる目などは、彼女にそっくりである。それを笑って手渡せば、猿は口を尖らせ丁寧に折りたたんだ。

「ふん。こんなのでも旅のお守りになろうってもんだな」

「旅？　……猿？」

「破れないように、懐に入れて持っていってやろう」

「猿、猿」

猿の自然な口ぶりに、歌の背が冷たくなった。先ほどまでの穏やかな心地が一気に失われる。冷や汗が一筋、頬を流れる。

思わず彼女の手を掴むと、猿は気味悪がるようにその手を払った。

「うるせえ。なんでえ、さっきから猿猿と」

「また……出てくのかい」

よく見れば、彼女の恰好は普段とは異なる。足元には真新しい脚絆《きゃはん》が巻かれ、着物は新しい生地で仕立てたものだ。

化粧っ気がないのはいつものことだが、普段より身支度が調いすぎている。

しかし彼女は鼻に皺を寄せて歌を睨むのだ。

「誰が出て行くつったよ。今日のあれこれを見て、あたしも親孝行を思い出したのさ。親父の故郷の上方へ、墓参りに行く。親父の兄弟ってのが、先祖の墓に親父の髪を入れてくれると約束してくれたもんでね」

「急になぜ」

「善は急げだろう。ぜんじろたちには、もう言ってある」

いつも猿は急に思い立ってすぐに動く。まるで野生の生き物だ。すでにその目は、遠く西の地を眺めているのである。

歌の喉に絶望が広がった。以前もふらりと出て行って数ヶ月戻らなかった猿である。

彼女はおおよそ、定住の地というものを持たないのかもしれない。

「女が一人でいけるものなのかい」

「関所程度はいつでも抜けられる。適当にまた戻って来るさ」

「猿」

「分かった、分かった。行って帰るだけ、よそ見もせずにまっすぐ帰ってくる。ほんの数ヶ月だ。便りも出す。飯はぜんじろに任せてある。ちゃんと飯を食ってろよ」

「猿」

「それにあんまり女たちを泣かせるような真似は……」

「猿」

「ああ、もう猿猿うるせえ。ちゃんと言葉を使え言葉を」

「いやだ」

歌は思わず猿の体をきつく抱きしめていた。思ったよりも柔らかな体に戸惑う。猿は歌をひっぱたこうと拳を持ち上げるが、どこを殴れば良いものか戸惑うように動きを止めた。

「お……驚かすんじゃねえよ、なんなんだ……」

「あたしも……」

その目元を見つめ、歌ははたと思いついた。

「あたしも行く」

「はぁ？」

「一緒に行かなければ、あたしは飯を食わないよ。きっと飢えて死んでしまう。それでもいいのかい、猿が帰ってくる頃には、あたしは死んでるよ」

「脅しかよ」

猿は呆れた顔で歌の体をぐいと押す。

「いいから離れろ」

「いやだ、良いと言うまでタコのように離れない」

「分かった！」

きゅうきゅうと抱きついて離れない歌にいい加減折れたのか、猿がようやく降参の声をあげたのはしばらく後のこと。

猿は乱れた襟を力強く直し、深いため息をついた。

「ただし版元にちゃんと言ってからだ。旅の間はきちんと飯を食え。絵は無理して描くな。金もねえから、花街には泊まらせねえ……まあ、たまにならいいが」

「分かった」

「赤ん坊かお前は。とりあえず……今日の出立《しゅったつ》は無理だな。先に皆に言っておこう。はぁ、あいつらに言ったら、見送るといって聞かないから……とっとと行こうと思ったのによ」

素直に頷いた歌に満足したのか、猿はだらしなく胡座をかいて脚絆を解き始める。

案外白い腿の内側を眺めて、歌は目を細めた。

「……あたしからも、お願いをいいかい、猿。飯は猿の作ったものを食いたい」

「おう」

「あんまり歩けないからゆっくりがいい」

「当然だ」

「喧嘩はしないこと」

「ああ……もう何だっていいよ、説教をするんじゃねえ」

猿は窓を開き、身を乗り出す。開いた窓の向こうから、何か仄《ほの》かに甘い香りが漂って来る。

恐らくそれは、今が盛りの梅の花。

間もなく旬が終わるその花が、日差しにとろけて甘い香りを漂わせているのだ。

そういえば、猿と出会った時は早咲きの梅が咲いていた。

窓に体を投げ出して外を眺める猿の背は、まるで子供のようで無防備だ。歌はぼんやりとその背を見つめる。

今、この背を抱きすくめて押し倒し、帯を解けば彼女はどんな顔をするのだろう。

しかし伸ばした手は宙を握る。

……まだ、それには少し早い。

その代わり、歌はその手で筆を握った。

「……妓楼に泊まれないのなら、女が描けない。おまんまの食い上げだ。せめて猿を描かせておくれ」

「どうせ猿で描くのだろう」

「まさか。ちゃんと綺麗に描いてあげるよ。あとはそうだねえ……酒は飲みたいから、せめて宿場に酒を持ち込みたい」

「ああ……しかし、もうすっかり冬も終わりじゃねえか。梅が散ればすぐに春、そして夏だ。早いところ旅に出ねえと夏の暑さに歌が倒れちまうなあ……」

猿が外に手を伸ばせば、強い風が吹く。それは春先に見られる風で、突風は見世の屋根を揺らし猿の袖を波打たせ、歌の部屋の紙を舞い上げた。

あまりの強風に、どこかで娘の悲鳴が聞こえた。眠そうな声の枯葉が何事かをヤスたちに命じている。屋根の一部が壊れたと、どこからか声が聞こえた。

「屋根が壊れたのかよ。ああもう、古すぎるんだこの見世は」

わあわあと、男たちが板を持って駆け回る。女たちが楽しそうに窓から声をかけている。

いつもの、大黒の風景だ。

歌は窓に肘を置いて、外を猿と一緒に眺める。薄い雪の残る大地が少し緩んで緑が見える。なるほど春はそこに来ていた。

「猿。実はあたしも昔は上方に……大坂で暮らしていたんだ。もうすっかり忘れてしまったけれど……」

冷たい風になぶられながら、歌は子供の頃に行った上方の風景を思い出す。あの場所は江戸より少し賑やかで、風景の色も違って見えた。

「……上方にはあたしの師匠の墓もある。猿、そこも一緒に参りたい」

「はいよ……ああ、もう鈍くさいなヤスは……何をもたもた直してやがる。ちょっと手伝ってくるから、てめえは窓を閉めて顔も出すなよ」

猿の腰が浮き、そちらに向かって駆け出そうとする。

その姿を見て、歌は呟いた。

「……猿。旅に出たら、本当の名前を教えておくれ」

「分かった、分かった……ん？　なんだって？」

「なんでもないよ」

囁いた声は猿には届かなかったようである。しかし満足したように、歌は首を振る。

猿は不思議そうに首を傾げ、賑やかに部屋を飛び出していく。

その背に匂い立つ梅の香りと賑やかな外の音。

しん、と静まった部屋も、もう恐ろしくはない。

筆に墨を吸い取らせ、歌は紙に一人の女の絵を描いた。

白い紙に描かれたその女は、先ほどの猿と同じ顔で笑っている。

楽しげに微笑む彼女の唇に、紅梅の花びらが一枚、舞い落ちた。風で忍び込んだ花びらだろう。それは確かに、絵に色を添えた。

「……楽しい春になりそうだ」

彼女がまとう光は、闇の向こうに見える灯。

強い風の音を聞きながら、歌は長く続く旅の道を夢想する。

それはきっと、ひどく楽しい旅になるに違いない。

中山道板橋宿
つばくろ屋

五十鈴りく

今宵のお宿は
どうぞこのつばくろ屋へ！

時は天保十四年。中山道《なかせんどう》の板橋宿《いたばししゅく》に「つばくろ屋」という旅籠《はたご》があった。病床の主にかわり宿を守り立てるのは、看板娘の佐久《さく》と個性豊かな奉公人たち。他の旅籠とは一味違う、美味しい料理と真心尽くしのもてなしで、疲れた旅人たちを癒やしている。けれど、時には困った事件も舞い込んで——？

旅籠の四季と人の絆が鮮やかに描かれた、心温まる時代小説。

中山道板橋宿
つばくろ屋
五十鈴りく
歩きつかれた旅人も
明日は笑って
宿を発つ

◎定価：本体670円＋税　◎ISBN978-4-434-24347-9

◉illustration:ゆうこ

この作品に対する皆様のご意見・ご感想をお待ちしております。

おハガキ・お手紙は以下の宛先にお送りください。

【宛先】

〒150-6008 東京都渋谷区恵比寿4-20-3 恵比寿ｶﾞｰﾃﾞﾝﾌﾟﾚｲｽﾀﾜｰ8F
（株）アルファポリス　書籍感想係

メールフォームでのご意見・ご感想は右のＱＲコードから、
あるいは以下のワードで検索をかけてください。

ご感想はこちらから

アルファポリス　書籍の感想　検索

アルファポリス文庫

深川《ふかがわ》　花街《はなまち》たつみ屋《や》のお料理番《りょうりばん》
みお

2020年　11月7日初版発行

編集－村上達哉・篠木歩
編集長－太田鉄平
発行者－梶本雄介
発行所－株式会社アルファポリス
〒150-6008東京都渋谷区恵比寿4-20-3恵比寿ｶﾞｰﾃﾞﾝﾌﾟﾚｲｽﾀﾜｰ8F
TEL 03-6277-1601（営業）03-6277-1602（編集）
URL https://www.alphapolis.co.jp/
発売元－株式会社星雲社（共同出版社・流通責任出版社）
〒112-0005東京都文京区水道1-3-30
TEL 03-3868-3275
装丁イラスト－alma （https://cavalletto3.wixsite.com/caaaan-jp）
装丁デザイン－AFTERGLOW
印刷－中央精版印刷株式会社

価格はカバーに表示されてあります。

落丁乱丁の場合はアルファポリスまでご連絡ください。

送料は小社負担でお取り替えします。


ISBN978-4-434-28003-0 C0193